GOBOOKS & SITAK GROUP ©

管他的呢，我決定活得有趣

蔡瀾的瀟灑寫意人生

【暢銷紀念版】

蔡瀾——著

高寶書版集團

ART BOOK
TAI WAN CO.
OP FAT SHIP-CHANDLERS
ARCTIC CAFE
成隆行
大閘蟹
老字號

喜歡吃東西的人，
基本上都有一種好奇心。
什麼都想試試看，
慢慢地就變成一個懂得欣賞食物的人。

活著，大吃大喝
也是對生命的一種尊重。

買菜，是一種藝術，和烹飪是呼應的。
好廚子不規定今晚要炒些什麼，
看當天有什麼新鮮或新奇的材料，就弄什麼菜。

基本訓練，總是刻板，
所有基礎，沒有一樣是有趣的。
等到你成熟時，就會起變化。

每一種東西都是一門學問。
精了，就是專家。

天才，一定要有，
但是運氣，還是成功最重要的。

蔡
二鍋頭

我早已退休了，
從很年輕開始已經學會退休。
我一直覺得時間不夠用，
只能在某一段時期，做某件事，
什麼時候開始，什麼時候終結，
隨緣吧。

總得活下去，
怨也活下去，不怨也活下去，
不如不怨的好。
怨多了，人快老。

有時，我們吃的不是食物，
是一種習慣，也是一種鄉愁。

我想，能出人頭地的，
都要在年輕時有苦行僧的經歷，
這樣所得到的，才能珍惜。
對於人生，才更能享受。

莫再等待明年。
明年外型、心情、環境可能都不一樣，不如今年。
那麼還有今天，不為什麼，
叫幾個人大吃大喝、吹牛搞笑，今天非常重要。

Stinking
Bishop

很多人會很羨慕我的人生，
但是，不用羨慕，
實行去，誰都可以的。

我不較勁，
這個事情我做不好的話我離開一段時間，
我試一個別的事情。

我不遺憾，
我知道遺憾了也沒有用。

平穩的人生，一定悶。
我受不了悶，我決定活得有趣。

我沒有後悔過，
因為每個人都有自己的時代。

一剎那的光輝，
總比一輩子平庸好。

相信的不是一代不如一代，
而是青出於藍，這才是正確與樂觀的態度。

十號胡同
陸羽茶館
LUK YU HOUSE
金蓮記

序

蔡瀾是一個真正瀟灑的人

金庸

除了我妻子林樂怡之外，蔡瀾兄是我一生中結伴同遊、行過最長旅途的人。他和我一起去過日本許多次，每一次都去不同的地方，去不同的旅舍食肆；我們結伴同遊歐洲、三藩市（舊金山），再到拉斯維加斯，然後又去日本。最近又一起去了杭州。我們共同經歷了漫長的旅途，因為我們互相享受作伴的樂趣，一起去享受旅途中所遭遇的喜樂或不快。

蔡瀾是一個真正瀟灑的人。率真瀟灑而能以輕鬆活潑的心態對待人生，尤其是對人生中的失落或不愉快遭遇處之泰然，若無其事，不但外表如此，而且是真正的不縈於懷，一笑置之。「置之」不太容易，要加上「一笑」，那是更加不容易了。他不抱怨食物不可口，不抱怨汽車太顛簸，不抱怨女導遊太不美貌。他教我怎樣喝最低劣辛辣的義大利土酒，怎樣在新加坡大排檔中吸牛骨髓，我總會皺起眉頭，他始終開懷大笑，所以他肯定比我瀟灑得多。

我小時候讀《世說新語》，對於其中所記魏晉名流的瀟灑言行不由得暗暗佩服，後來才感到他們矯揉造作。幾年前用功細讀魏晉正史，方知何曾、王衍、王戎、潘岳等等這大批風流名士、烏衣子弟，其實猥瑣齷齪得很，政治生涯和實際生活之卑鄙下流，與他們的漂亮談吐適成對照。我現在年紀大了，世事經歷多了，各種各樣的人物也見得多了，真的瀟灑，還是硬扮漂亮一見即知。我喜歡和蔡瀾交友交往，不僅僅是由於他學識淵博、多才多藝，對我友誼深厚，更由於他一貫的瀟灑自若。好像令狐沖、段譽、郭靖、喬峰，四個都是好人，然而我更喜歡和令狐沖大哥、段公子做朋友。

蔡瀾見識廣博，懂得很多，人情通達而善於為人著想，琴棋書畫、酒色財氣、吃喝嫖賭、文學電影，什麼都懂。他不彈古琴、不下圍棋、不作畫、不嫖、不賭，但人生中各種玩意兒都懂其門道，於電影、詩詞、書法、金石、飲食之道，更可說是第一流的通達。他女友不少，但皆接之以禮，不逾友道。男友更多，三教九流，不拘一格。他說黃色笑話更是絕頂卓越，聽來只覺其十分可笑而毫不猥褻，那也是很高明的藝術了。

過去，和他一起相對喝威士忌、抽香菸談天，是生活中一大樂趣。自從我心臟病發之後，香菸不能抽了，烈酒不能飲了，然而每逢宴席，仍喜歡坐在他旁邊，一來習慣了；二來可以互相悄聲說些席上旁人不中聽的話，共引以為樂；三則可以聞到一些他所吸的香菸餘氣，稍過菸癮。

蔡瀾交友雖廣，不認識他的人還是很多，如果讀了這篇短文心生仰慕，想享受一下聽他談話之樂，又未必有機會坐在他身旁飲酒，那麼讀幾本他寫的隨筆，所得也相差無幾。

目錄
CONTENTS

第二章 興之所致地活，才算精彩

目錄
CONTENTS

第四章 江湖老友，多是傳奇

目錄
CONTENTS

第一章

我決定活得有趣

平穩的人生，
一定悶。
我受不了悶，
我決定活得有趣。

活得有趣，才能活得精彩

「香港剩女飆升，三個女人一個獨身」報紙上的大標題。

這我一點興趣也沒有，不嫁嘛，又不會死人。

會死人的，是接著報告的香港人口持續老化。六十五歲以上港人，將由二〇〇九年約百分之十三，增至二〇三九年的百分之二十八。四分之一以上的人口是老人。

死亡人數按比例，會增加到每年八萬〇七百個。

那麼多人離去，不關你事嗎？那是遲早的問題，我們總得走。但是怎麼一個走法？沒有人敢去提起。人們對死的禁忌，是根深蒂固的。

避得些什麼呢？反正要來，總得準備一下吧，尤其是我們這群被青年人認為是七老八十的，雖然，我們的心境還是比他們年輕。

勇敢面對吧。死，也要死得有尊嚴；死，也要死得美麗。

輪到你決定嗎？有人問。

的確如此，但是，凡事都有計畫，現在開始討論，也是樂事。

住哪裡吃哪裡

首先，對「死」下一個定義：「死不是人生的終結，是生涯的一個完成。」我們在落幕前要怎麼向大家鞠個躬退去呢？最好是照著自己的意思去做，需要一點知識和準備。

最有勇氣的死，就是視死如歸，說到這個「歸」字，當然是回到家裡去死才安樂。

但事不如願，根據一項調查，最後因病，死在醫院裡的人還是占大多數。

為什麼要在醫院？當然想延長生命呀。但是已經到了尾聲，決定自己什麼時候走，不是更好嗎？家人一定反對，反對個鳥。不爆粗口都不行，我的命不是你的命，你們有什麼權利來反對？

友人牟敦沛說過：「我一生做的最後悔的一件事，就是反對醫生替我爸爸終結生命。」

這句話，家人一定要深深反省。

尤其是對患了末期癌症的人，受那不堪的痛苦折磨，家人還不許醫生打麻醉針，說什麼會中毒，反正要死了，還怕什麼中不中毒？

如果你問十個人，相信九個人是不願意在醫院死去的，但是，他們還是留在了醫院，他們也顧慮到家人的感受，不想給大家增加麻煩，但這絕對不是他們自己所要的。

我勸這種人不必想太多，要在家裡終老就在家裡終老，反正這個家是你的家，你想怎麼樣做，也沒人可以反對，而且可以省掉他們整天跑到醫院來看你。

雖然說醫院有種種設施，但那是救命用的，你不想被救，最新最貴的儀器又有什麼用？

在家靜養，請個護士，所花的錢也不會比住醫院的病房貴呀。找個相熟的醫生，請他替你開止痛藥、醫療麻醉品等，教教家人怎麼定時服食和打針，也不是什麼難事。

但是孤單老人又怎麼辦？有一個條件，就是得花錢。反正是帶不走的，這個時候不花，等什麼時候花？護士還是要請的，這筆錢要在能賺時存下來，所以說死也得準備，千萬不能等。

香港人多數有點儲蓄，買些保險留給後人，大家想起老人早走，也可以省下一點，也就讓你花吧。

在痛苦時，最好能以嗎啡鎮靜。從前，嗎啡被認為怪獸，說什麼服了會精神錯亂，越吃越無助，最後變成不可控制的凶手。

但這都是早期醫生的臨床實驗不夠，恐怕有副作用，沒有必要時不打針。當今世事已證明，藥下得恰當，根本就比吸毒者自己亂服安全得多。

有些人討厭打針或喝藥，也有膏貼的嗎啡劑可用，總之不會是越用越沒勁，不必擔心。

我最喜歡的一部電影，叫《老豆堅過美利堅》（也被譯為《老爸的單程車票》），名字譯得極壞，其實是一部怎麼面對死亡的片子，得過奧斯卡金像獎最佳外語片的榮譽，講的是一個老頭子得了癌症，離開他多年的兒子來看他，卻看到父親被一群老朋友圍著談笑風生，又拚命吃護士的豆腐。

兒子問老子能做些什麼，老子說最好替我找些毒品來服服，兒子被嚇呆了，後來才發現父親的樂天個性，並了解人生最終的路途，完成了父親的願望。

這些被一般人認為最野蠻的思想，是最先進開明的，片子的法語原名直譯為《野蠻人的侵略》（Les Invasions barbares），其實就是講這群快樂的人。

最壞的打算，已安排好。萬一僥倖能夠活到油盡燈枯，那就最為幸福，我母親就是那樣走的。也許，可以像弘一法師一樣，回到寺廟，逐漸斷食，走前寫了「悲欣交集」四字後，一笑歸西。

葬禮可以免了，讓人一起悲哀，何必呢？死人臉更別化妝給人看，那些錢，死前花吧。開一個大派對，請大家吃一頓好的，有什麼好話當面聽聽，才是過癮，派對完畢，就跟著謝幕好了。

骨灰撒在維多利亞海港，每晚看到燦爛的夜景，更是妙不可言，你說是嗎？

我活著，我活過

藝人走了，大家惋惜：「那麼年輕，活多幾年才對呀！」

活多幾年？活來幹什麼？等人老珠黃？待觀眾一個個拋棄？

只有娛樂圈中的人，才明白蠟燭要燒，點兩頭更明亮的道理。一剎那的光輝，總比一輩子平庸好。

人生浮沉，藝人是不能接受的，他們永遠要站在高峰；要跌，只可跌死。

當事業低迷的時候，藝人恐慌，拚命掙扎。這時，好友離去，觀眾背叛，他們陷入精神錯亂。這也是經常見到的事，因為他們不是一般的人，他們是藝人。

就算一帆風順，藝人也要求所謂的突破，換一個新面孔出現。但大家愛的是舊時的你，喜歡新人的話，不如捧一個更年輕的。

更上一層樓，對藝人來說，極為危險，也只有走偏鋒，才有蛻變。突破需要很強的文化背景，可惜一般藝人讀書不多，聽身邊豬朋狗友的話，一個個像蒼蠅跌下。

曾經有人對藝人做過一個結論：天才，一定要有，但是運氣，還是成功最重要的。

藝人以為神一直保佑著他們。失敗是一種考驗？他們的宗教之中，是不允許有人對他們有任何的懷疑。

明明知道是錯的，可是沒有人能阻止他們。藝人像瀑布，不停沖下，無休無止，一直唱著「我行我素之歌」。

藝人並不需要同情，他們祈求的是你的愛戴。勸他們保護健康，是多餘的。

像一個戰士，最光榮的莫過於死於沙場，站在舞臺上，聽大家的喝彩，那區區的絕症，算得了什麼？

燎原巨火，燃燒吧！只要能點亮你的心，藝人說：「我已活過。」

有時不妨問問自己

關於想做的事

問：你還有什麼想做的事？

答：太多了。

問：舉一個例子？

答：以前，作文課要寫「我的志願」，我寫了想開間妓院，差點被老師開除。

問：你在說笑吧。

答：我總是說說笑之後，就做了。像做暴暴茶、開餐廳等。我還說過以後我的日語能力，不拍電影的話，大不了舉了一枝小旗子，當導遊去。

問：真的要開妓院？

答：唔，地點最好是澳門，租一間大屋，請名廚來燒絕了種的好菜，招聘些懂得琴棋書畫的女子作陪，賣藝不賣身。多好！

問：早給有錢佬包去了。

答：兩年合約，擔保她們賺兩百萬港幣就不會那麼快被挖走。中途退出的話，雙倍賠償。有人要包，樂得他們去包，只當盈利。見得有標青（非常出眾）的女子，再立張合約，價錢加倍。

問：哈哈，也許行得通。

答：絕對行得通。

問：還有呢？

答：想開間烹飪學校，集中外名廚，教導學生。我很明白年輕人不想再讀書的痛苦。有興趣的話，讓他們當師傅去。學會包壽司，一個月也有上萬到三、四萬港幣不等的收入。父母都想讓兒女有一技之長，送來這間學校就行。

問：還有呢？

答：做個網站，供應全世界的旅行資料。當然包括最好吃的餐廳，貴賤由人，不過資料要很詳細才行。我看到一些網站，上了一次就沒有興趣再看，那就是最蠢不過的事。在我這裡，不只找到地址電話，連餐牌（菜單）都齊全，推薦你點什麼菜，叫哪一年份的酒，讓上網的人很有自信地走進世界上任何一間著名的餐廳，不會失禮。

問：還有呢？

答：還有開一個兒童班。教小孩畫畫、書法，也可以同時向他們學習失去的童真。

問：還有呢？

答：你怎麼老是只問還有呢？

問：除了教兒童，你說的都是吃喝玩樂，有什麼較有學術性的願望？

答：吃喝玩樂，才是最有學術性。我知道你要問什麼，較為枯燥的是不是？也有，我在巴賽隆納住了一年，研究建築家安東尼・高第（Antoni Gaudí）的作品，收集了他很多的資料，想拍一部電腦動畫，關於聖家族教堂，這個教堂再花多一百年功夫，也未必能夠完成，我這一生中看不到，只有靠電腦動畫來完成它。根據高第原來的設計圖，這座教堂完成時，塔頂有許多探射燈發出五顏六色的光線，照耀全城，塔尖中藏的銅管，能奏出音色特別多的風琴音樂。這時整個巴賽隆納像一座最大的的士高（迪斯可），來了很多嘉賓，用動畫把李小龍、瑪麗蓮・夢露（Marilyn Monroe）、詹姆斯・狄恩（James Dean）、戴安娜王妃、楊貴妃、李白等人都讓他們重新活著，和市民一起狂舞，一定很好看。

問：生意呢？有什麼生意想做？

答：我也在南斯拉夫住過一年多，認識很多高管幹部，都很有錢。買了很多鑽石給他們的太太，現在打完仗，鑽石不能當飯吃，賣了也不可惜。我在日本工作時有一個很信得過的女祕書，嫁了一個鑽石鑑定家，和他合作，我們兩人一面玩東歐，一面收購了一些鑽石，拿回來賣，也能賺幾個錢。

問：這主意真古怪。

答：不一定是古怪才有生意做。有些現有的資料，等你去發掘，像我們可以到專利機構去，翻開檔案，裡面會有一些發明，當年太先進了，做起來失敗，就那麼扔開邊，現在看來，也許是最合時宜的，買版權回來製造，賺個滿缽也說不定。

問：寫作呢？還有什麼書想寫的？

答：當然有啦，我那本《追蹤十三妹》只寫了上下二冊，故事還沒講完。我做了十三妹的研究十年以上，有很多資料，也把自己經歷過的事、遇到的人物寫在裡面。每一個故事都和十三妹有關聯，一直寫下去。用六〇年代到七〇年代的香港做背景，記錄這十年的文化，包括音樂、著作，吃的是什麼東西，玩的是什麼東西。

問：那麼多的興趣，要等到什麼時候才去做？是不是要等到退休？

答：我早已退休了，從很年輕開始已經學會退休。我一直覺得時間不夠用，只能在某一段時期，做某件事，什麼時候開始，什麼時候終結，隨緣吧。

問：最後要做的呢？

答：等到我所有的欲望都消失了，像看到好吃的東西也不想吃，好看的女人也不想和她們睡覺時，我就會去雕刻佛像。我好像說過這件事，我在清邁有一塊地，可以建築一間工作室，到時天天刻佛像，刻後塗上五顏六色，佛像的臉，像你、像我，不一定是菩薩。

中文輸入法

問：最近做些什麼？

答：學東西呀。我二十歲開始，答應過自己，每天得學一些新事物，看書也算在裡面。

問：現在學的是？

答：中文輸入法。

問：（帶點輕蔑）我們已經老早學會，你怎麼到現在才開始？之前一直是手寫的嗎？

答：唔，我們不是生長在電腦年代的人，手寫是必然的事，所以也練得一手好字，比你的漂亮。

問：（有點尷尬）什麼輸入法？倉頡？

答：所有的輸入法都學過一陣子，只有倉頡還沒有碰過，它最難，留在最後學吧。

問：其他的呢？羅馬拼音學過沒有？

答：我是一個鄉下人，發音不準，當今已沒有希望說一口標準的國語。而且和英文發音不同，像那個「ＨＥ」字我們習慣說成

英文的「他」，但是當我們發現「ＨＥ」應該讀為「河」時，我就放棄了。

問：筆順法呢？手提電話（行動電話）用的通常是這一種。

答：太原始，太慢了。有些字的筆法根本分辨不出來。像「有」字，先寫「一」或先寫「撇」？像「女」字，先寫「撇點」，或先寫「一」呢？最後，我還是學「縱橫輸入法」。

問：什麼叫「縱橫輸入法」？是誰發明的？

答：是一位叫周忠繼的老先生發明的，已有七十幾、八十歲了，他學得會，我沒有理由學不會。基本上，它是由「四角號碼」延伸出來的。字是四方形的，看準了它的四個角，用阿拉伯數字來代表，每個字都很容易認出。

問：「四角號碼」又是誰發明的呢？

答：王雲五先生，商務印書館的創辦人，來頭可大了，編的字典現在還在運用。他花了一年半的時間來歸類、制定這個方法，後來打中文電報時也派上了用場。不過，最初的構思是高夢旦先生想出來，王雲五也沒有忘記他的功勞，寫序時先感謝他。

問：「四角號碼」真的那麼好用？

答：一九二七年發明時，文人驚為天人，蔡元培和胡適都寫過文章讚揚這個方法。

問：哦，那麼好用。但是為什麼現在沒人用？

答：要念一些口訣才能用到。胡適先生說過，阻力來自兩個魔鬼：一個是守舊，一個是懶惰。守舊鬼說：「仍舊貫，如之何？何必改作？」懶惰鬼說：「這個方法很好，可惜學起來有點麻煩；誰耐煩費幾分鐘去學它呢？」這個懶惰鬼最可怕；他是守舊鬼的爸爸媽媽，一切守舊鬼都是他的子孫，先學會了，方才有批評的資格。

問：那你是怎麼學縱橫法的？

答：出版商印了一張卡片，寫著口訣。口訣為：一橫二豎三點捺，叉四插五方塊六，七角八八九是小，撇與左勾都是零。

問：那麼難，怎麼記？

答：的確不容易。但是我把卡片放在口袋裡，一有空就拿出來背，一天背一行，四天後記得一半，得再花四天完成，加多四天重溫。

問：背完口訣後怎麼實用？

答：要實用還差一大截呢。它有一本字典，列出幾大個取碼規則，得把規則讀熟了，才能用上。

問：有什麼捷徑？

答：一切基本功都沒有捷徑。我本來睡覺之前，一定要看一輪小說，只好犧牲了，利用這段時間來讀號碼。幾個月下來，越讀越興奮，因為認得字越來越多，而且一通百通，真過癮。

問：舉個例子來聽聽。

答：縱橫法比「四角號碼」先進，依字形，有時也不必四個號碼，兩個也行。像我的姓氏「蔡」字，上面的「草」，用4來代表，下面的「小」用9來代表，按49，「蔡」字就跑出來了。

問：就那麼簡單？

答：原理總是簡單的，實用起來，就有例外，一例外，又得死記。

問：那有什麼樂趣？

答：樂趣在於熟練原理，便能推算。當年王雲五把原理告訴了胡適之後，兩人坐著馬車，一看到街上招牌和路名，即刻你用一個號碼我用一個號碼來推測，猜對了，兩人哈哈大笑！你也學會的話，我們就可以一齊來玩這個遊戲。

問：那麼九方輸入法呢？

答：也由「四角號碼」演變出來，把字形變成符號來代替數字。

問：但是「四角號碼」是死東西！有什麼用？

答：我學的篆刻，大篆、小篆、甲骨文、金文都是死東西。死東西是古人做過的學問。可以欣賞，就有用了。

問：我還是認為學來幹什麼？那麼麻煩！

答：你忘記了剛才提到胡適先生說的話嗎？先學會了，方有批評的資格。

人生的樂趣，從一點點小的罪惡開始

裊裊，與你攜手，望你繚繞上升，消之於無形，吸一口，經全身而噴出，此種享受，非愛菸者不解。

今天通過法案，禁菸區範圍擴大，暫時不能在公眾地方與你親熱，但小書房是我倆的天地，願你永遠與我作伴。

自從在電視上看不見你，少了許多熱鬧氣氛。好笑的是，愛你的人有增無減。吾等順民，照樣擁護，裊裊，不知道你看過自己的族譜嗎？

墨西哥南部坎佩切州出土的陶瓶中，已畫著一個吸著長條菸捲的人像。證明早在西元七〇〇年，就已經有了菸。

當哥倫布發現美洲，看到土人在抽煙斗，驚訝得很。菸葉文化，早已存在，美國印第安人用來商談，不再打仗了，大家坐下來抽口菸吧。一開始，你的個性就那麼和平的。

所謂的文明人認識了你之後，即刻把你搬回老家種植，西班牙始於一五一八年、法國一五五六年、葡萄牙一五五八年。英國人最後，到一五六五年才學會培養。

跟著移民到美洲的人，把歐洲的新科技帶來，在維吉尼亞、肯塔基、田納西州等地方大量種植菸草，弄到供過於求。

起初你的臣子都是用菸斗來抽菸，後來學會把一片質料最好、最薄的菸葉來包裹，變成了雪茄，但只有高官貴人才抽得起。

對不起得很，香菸的發明，卻要靠一群乞丐。當年在西班牙的塞維亞，窮人把雪茄頭拾起來，用碎紙包來抽，流傳到義大利、葡萄牙和俄國去。

英國人始終喜歡抽維吉尼亞菸草，美國人相反地摻入土耳其菸。從此，世界上的香菸也分成這兩大類，前者的代表性品牌「555」、「茄力克」、「羅芙曼」等，後者為「好彩」、「駱駝」、「萬寶路」等。

從十三歲開始，我們幾個同學已經在學校的後山偷偷與你邂逅。

最先同學們抽的是「領事」牌的薄荷菸，綠色紙盒的十支裝，我不喜歡維吉尼亞菸草的臭青味，常偷媽媽的「好彩」來抽，才過癮。

如廁時吸一支，清新空氣。越抽越多，晚上看《三國》、《水滸》時也要抽，才肯睡。菸灰缸塞滿菸頭，將之藏在床底，溫柔體貼的奶媽第二天將菸蒂倒個乾淨，再放回原位，從來沒有出賣過我。

我們看黑白舊片時，你已是明星。亨佛萊・鮑嘉（Humphrey Bogart）菸不離嘴，偶爾他連點兩支，把一支遞給女伴的朱唇。

貝蒂・戴維斯（Bette Davis）、瓊・克勞馥（Joan Crawford）的抽菸姿態更是優美。有時剛強起來，一口菸噴在暴發戶臉上，不屑地離去。

我們常聽到你的許多傳說，如替人點菸的，絕對不連點三支，因為在遠方的敵人狙擊手，看到第一次點火舉槍，第二次點火來不及瞄準，第三次點火必會中的故事，所以只點兩支菸的規則，遵守到現在。

與你作伴，在當年，是自由的，是奔放的，是毫無掛慮的，是好玩的，是時尚的。

直到一九五〇年，你的厄運出現了，抽菸致癌已被證實，反對你的運動產生。商人們即刻製造出濾嘴香菸來擋災，但是傷害已造成，這股勢力將是越來越強。

當年吸菸是摩登，現在禁菸變成時髦。

國內航線不准抽，兩小時以上的國外航線也禁菸，發展到去澳洲的八個鐘頭夜航也要離開你。

但是請你放心，我會呼籲同好別忘記了你的兩位姐妹：鼻菸和嚼菸。

那麼多花樣，那麼精美的鼻菸壺，不是拿來當古董，是要實用的。

長途飛機上，禁菸場所中，聞鼻菸是個樂趣，挑出一小匙，搓一搓，吸入，一股透肺的清涼，那種滋味……唉，唉，原諒我花心。

我吸過上等的鼻菸，絕不嗆喉。無比濃郁的香氣，久久不散。翌日起床，深深呼吸，又是一番回味。

優質鼻菸，數十年前已是比金子還貴，現在在嚤囉街也許可以找到少許，分量不多，也不會吸窮的。

一般的鼻菸，在歐洲的各個大城市都能購入，西班牙產的，品質較佳。嚼菸好壞差距不大，菸草中還加了蜜糖、豆蔻、肉桂等香料，非常可口。最普遍的是美國製造的，價錢相當便宜。

到外國，我一定準備鼻菸和嚼菸，他們禁他們的，與我無關。還有一種一小包一小包的含菸，夾在牙齒和口腔之間，自然頂癮，這也是美國製的，棒球選手最愛用。

菸斗、雪茄、香菸、鼻菸、嚼菸、含菸，沒有一樣是對身體有益的。

但是，想起來，裊裊，你我相處數十年，何以忍心一旦相棄？

看見辛苦了一天的鄉下人，晚上休息之前來一口竹筒水菸，是那麼的歡慰！在城市森林的我，體力消耗不及他，工作上的壓力，還不是一樣？

抽菸致癌，沒試過的年輕人我不鼓勵他們去碰你。孤寂的長者，抽完菸後的安詳，豈是別的東西能代替？

記得有位智者說過：「人生的樂趣，從一點點小的罪惡開始。」

裊裊，讓我長遠地依偎於你懷抱，不願醒。

適當的放縱，會令人年輕很多

旅行團本月不舉辦，稿又交齊，其他計畫順利進行，這一個月空閒。做什麼最好？讀書、寫字、刻圖章和繪畫沒停過，但是做學問的事總有點枯燥，看電影DVD吧，好的也沒有幾部。那些月餅盒那麼厚的大陸電視劇，說什麼我也提不起心肝去刨完。

天下最有趣的事，莫過於打麻將了。

廣東牌花的心思太多，輸了亦扭轉不了局面。我還是愛打台灣麻將，在最後一圈，結尾的那一副牌有機會起死回生，好不刺激。

剛好陪兒子到加拿大念大學的朱太返港，在那邊她悶出一個鳥來，誓言一回來要打個三天三夜。少女時代當過演員的她，有點瘋狂，個性和我接近，一拍即合，三天三夜，就三天三夜，怕你嗎？

原先，我們打的都是傳統台灣老章，有十六張牌，番數也不多。但她和一些雀友近年來已加了百搭，打起來千變萬化。起初是四張，後來加多四張，八張百搭我還應付得來。這一次變本加厲，一共有十六張百搭，就把我打慘了。但是有三個人陪你打，還要贏人家的錢幹什麼？

一副牌，手風順的話，摸起來就是天胡。或者打一張，其他人即刻吃的地胡，已無技巧可言，完全是靠運氣了。

不過這也好，在傳統牌上千載難逢的牌局都能做得出來。嚦咕嚦咕已是最容易的了，清一色絕對有可能，十三麼沒什麼問題。

吃起來，幾十番幾十番那麼算，如果一副牌有兩種以上的胡法，番數照加。不過籌碼除五，是我們從前打的五分之一，朱太說當今香港什麼都便宜，賭注也要減價，這是當今香港社會的現象。

三天三夜打下來，天昏地暗，不過有種說不出的快感，那種放縱令人年輕許多。朱太說加拿大那種鬼地方，別再去了。我贊同，我要是她，返港後會連續打三個月。

請不要壓抑人的天性

「男人是不是應該有很多女朋友。」一個已經進入思春期的男孩子問。

「這不是應不應該的問題，」我回答，「這是天生的，你父母生出你一副好奇的個性，就自然會讓你交很多女朋友；你父母生出你一副循規蹈矩的個性，就自然只有一個了。」

「但是所有的男人都被女性吸引的呀！」

「有些著迷了一輩子，有些只是吸引了一陣子。」

「那麼統一來分析是錯的了？」他說，「女人呢？是不是同樣？」

我說：「她們天生冷靜，很少因為有很強的衝動而交很多男朋友。」

「你這麼說，我爸爸一定是一個好奇心不很強的人，我媽媽相反，所以他們才會每天吵架。」他有點氣餒。

「你自己呢？」我問。

「我也是一個好奇心很強的人呀。」

「那麼你多幾個女朋友也是好的。」

他聽了眼光露出喜悅：「從來沒有人跟我這麼說，大家都告訴我等我長大就知道。」

「這是你的天性，壓抑不了的。」

「如果將來我和一個好奇心不強的女人結婚，後果會不會像我的父母？」他開始擔心起來：「那怎麼辦才好？是不是別結婚了？」

「等到你找到一個可以向她說明，她也懂得什麼叫人性的女人才結婚。」

「要是她也是一個好奇心很強的人呢？」

「互相理解，互相發展。」我說。

旁邊一個大人聽到了大罵：「蔡先生，你別教壞小孩子。」

我懶洋洋地：「教好他們的人太多，有一個教壞他們的人，也好。」

無聊，是年輕人的絕症

聽到一些消息，見到本人，就問道：「有人說你已經離婚，還大肆慶祝，是不是真的？」

「沒有結，何來離？」她反問。

「大家都以為你們是正式夫妻。」

「沒錯，這消息是我放出去的，出來工作的女人，有了婚姻，談生意時對方會更尊重一些，所以找到了那個男的之後，就向人說我結了婚。」

「那妳不是真心愛他的？」

「真心，真的真心。我愛他。」

「那幹什麼分手？」

「在一起之後，我發覺他完全變為另一個人。我是和那個變的人分手，我愛的仍舊是我剛認識的那個人。當時我宣布結婚，就等於嫁了給他。不過，我認為不必去辦那些煩死人的手續而已。」

「妳說服得了那個男的？」

「大家都是年輕人，大家都相信愛情的偉大。情到濃時，說什麼都好。」

「妳現在才幾歲，怎麼說話那麼老氣橫秋？」我批評。

「不是老氣橫秋，是現實。」

「妳不怕人家在背後說妳是一個離過婚的女人嗎？」

「怕呀，但是正式結過婚後離開對方，和沒有結婚而分手，根本就是同一回事，怕也怕不了那麼許多了。」

「有沒有一份傷感？」

「傷感只是和拍拖時分開一樣，並沒有失婚女人那麼嚴重。雖說只是一張紙，不過那張紙不輕呀，我現在放鬆得多了，以後要是找到一個合適的，再正式辦手續也不遲。他也會認為我沒結過婚，對我看重一點。男人和婚姻一樣，都是那麼無聊的。」

可愛的寵物，讓人開心每一天

生活水準提高，大都市的人開始有餘裕送花，花店開得通街皆是。跟著來的流行玩意兒便是寵物！

貓狗的確惹人歡喜，深一層研究，也許是城市人都寂寞吧。狗聽話，養狗的主人多數和狗的個性有點接近：順從、溫和、合群。

我對狗沒有什麼好印象。小時候家裡養的長毛狗，有一天發起癲來，咬了我奶媽一口。從此我就討厭狗，唯一能接受的是《花生》漫畫裡的史努比，牠已經不是一條狗，是位多年的好友。

在邵氏工作的年代，宿舍對面住的傅聲愛養鬥牛犬，真的沒有看過比牠們更難看的。另外一位女明星愛養北京犬，牠們的臉又扁又平，下頷的牙齒突出，哪像獅子？為什麼要美名為「獅子狗」？

旺角太平道上有家動物診所，走過時看見女主人面色憂鬱，心情沉重地抱著北京犬待診，我心想：要是妳的父母親患病，妳是否同樣擔心？

樓下有個洋人在庭院中養了一隻狼犬，牠日也吠、夜也吠，而且叫聲一點也不雄壯，見鬼般地哀鳴。有一晚我實在忍不住，用氣槍瞄準牠的屁股開了一槍，牠大叫三聲，從此沒那麼吵了。

在巴黎、巴賽隆納散步，滿街都是狗屎。但是，有時看到一個老人牽著一條狗的背影，也就了解和原諒牠們的汙穢。

「你再也不討厭狗了吧？」朋友問，「牠們到底是人類最好的朋友。」

我搖搖頭：「還是討厭，愛的，只有黑白威士忌招牌上的那兩隻。」

貓倒是可愛的。

主要是牠們獨立自由奔放的個性。

貓不大理睬牠們的主人，好像主人是牠養的。

回到家裡，貓不像狗那樣搖頭擺尾前來歡迎。叫貓前來，牠走開。等到放棄命令，牠卻走過來依偎在腳邊，表示知道你的存在，即刻心軟，愛得牠要生要死。

貓瞪大了眼睛看你，仔細觀察牠的瞳孔，千變萬化，令人想大叫：「你想些什麼？你想些什麼？」

在拍一部貓的電影的過程中，和貓混得很熟，有時貓悶了，找我玩，我就抓著牠的腳，用支鉛筆的橡膠擦頭輕輕地敲著牠的腳板底，很奇怪的，牠的腳趾便慢慢張開五趾上粉紅色的肉，打開之後，像一朵梅花。

要叫貓演戲是天下最難的事。

逐漸發現貓喜歡吃一種用藥菜種子磨出來的粉，在日本有出售，叫 Matatabi（木天蓼），貓吃後像是醉酒，又像抽了大麻，飄飄欲仙。

拍完一個鏡頭，給貓吃一點當為報酬，但不能給牠們多吃，多吃會上癮。

不過我還是不贊成養貓狗。

並非我不愛，只覺得不公平，貓狗與人類的壽命差別太遠，我們一旦付出感情，牠們比我們早死總是悲哀得不能自已，我不想再有這種經驗。

小孩子養寵物，增加他們的愛心，是件好事，但一定要清清楚楚地告訴他們，教他們認識死亡，否則他們心靈受的損傷難以彌補。

如果一定要養寵物的話，就養烏龜。

烏龜比人長命。

倪匡從前在金魚檔（賣金魚的攤販）裡買了一對巴西烏龜，像兩個銅板，以為巴西種不會長大，養了幾十年，竟成手掌般大小，而且尾部還長著長長的綠毛。

移民之前，倪匡把家裡所有東西打包，貨運寄出，看見這兩隻烏龜，不知怎麼辦才好。

「照道理，把牠們放在手提行李，坐十幾個小時飛機，也不會死的。」他說，「但是移民局查到就麻煩，而且萬一烏龜有什麼三長兩短，心裡也不好過。」

我們打趣：「不如用淮山杞子把牠們燉了，最好加幾條冬蟲草。」

倪匡走進房間找了把武士刀要來斬人。

我們笑著避開。

最後決定，由兒子倪震收留。

「每天要用鮮蝦餵牠們。」倪匡叮嚀。

「冷凍的行不行？」倪震問。

「你這衰仔，幾兩蝦又要多少錢？牠們又能吃得了多少？」

倪匡說完，又回房找武士刀。

倪震落荒而逃。

養貓會讓時間過得有趣

回到家，和弟弟及友人搓四圈台灣麻將。

家裡養了三十隻貓，走進沖洗房時，看到數十隻貓一起望過來，真有受「貓」注目的感覺。從前的貓，依樣子取名，像「阿花」、「黑童」、「三色冰」等，當今養的卻按照牠們的個性為名。

有一隻在和家母談天時探出個頭來望我，隔一會兒又躲在窗簾後偷窺，等我們轉過頭去，剩下一條尾巴。

「哦。」弟弟說，「牠叫鬼鬼祟祟。」

又有一隻只靠在牆邊吃貓糧，其他地方懶得去，吃完睡一陣子，起身又吃。

「哦。」弟弟又說，「牠叫永食不飽。」

另外一隻整天咬桌椅的腳，想把整張東西搬走。

「哦。」弟弟說，「不自量力。」

「開囉！」弟婦說完，我們走進麻將房，即有一隻貓跟了進來，把牠趕走，又千方百計從窗躍入。

「哦。」大家轉頭看，一起說，「這隻是嗜賭如命。」

家裡的麻將腳老友謝兄隨傳隨到，是位很忠實的台灣麻將迷，另外有曾江和焦姣夫婦，可惜他們已搬回去香港定居，只有發掘新人，來了一位仁兄，名字忘了。

此君一下場大殺四方，我們幾個的麻將櫃桶差不多輸得精光。

忽然，他尖叫一聲，整個人跳了起來，原來「嗜賭如命」不知什麼時候跑到他腳底用毛擦了他一下。此君最怕貓，看這種情形，我懶洋洋地說：「貓不可怕，貓毛才最恐怖，家裡那麼多貓，空氣全是貓毛，吸進肺，哼哼！」

結果當晚一家烤肉三家香，此君把贏的錢都吐回來，嚇得臉青青，落荒而逃。

逛菜市場是最享受的時候

廣東道和奶路臣街之間的旺角市集是我最喜歡去的一個菜市場。不要誤會，我指的並不是政府建的那座菜市場，而是街上和路旁的小店鋪及攤檔。它有個性，擺到道路中央，警察每天來抓，等他們走後，小販擺滿貨物，大做其生意。

買菜，是一種藝術，和烹飪是呼應的。好廚子不規定今晚要炒些什麼，看當天有什麼新鮮或新奇的材料，就弄什麼菜。

當然，無可選擇的酒樓師傅又另當別論，而且，菜色一商業化，就失去了私人的格調和熱愛，也是極可悲之事。

怎麼樣能買到好材料呢？以什麼水準評定它的優劣？

這都要靠經驗和愛好，沒有得教的。

像一個當店（當鋪）學徒，他不是一生下來就會鑑定一件東西的好壞和價值，必要多看、多吃虧，最後才能成為高手。

到菜市場去逛一圈，就像是去了字畫鋪，也像是進了古董拍賣場，必須從容不迫，悠閒地選擇。

最貴的材料並不一定是最好的。比方說豬肉吧，豬排、豬頸肉等部分價高，但是一隻豬最好吃的方位包圍在肺部外層，俗稱的「豬肺捆」。它的肉纖維短而幼細，又略帶肥肉和軟骨，味濃而香，是上上肉，也是價錢最低微的肉。炒、紅燒等皆可，滾湯更是一流。

煮完撈出來切片，蘸濃醬油和大蒜茸，美味無比，試試就知。如遇新鮮者，擇而購之，肉販都會稱讚你。

在市場遊蕩之間，忽然，你的眼中一亮，因為你看到一種新鮮得發光的材料，那你的腦中即刻計算要以什麼菜去陪襯它後，便要狠狠下手去買，貴一點也不成問題。

菜市場的菜，貴極有限，少打一場麻將，少輸幾場馬，少買幾張六合彩，已經足夠你要買任何一樣東西。

逛菜市場是最享受的時候，有如追求女人。等到下手去買，便等於確定關係。

練習，喜歡自己的生活

對生兒育女的觀念，我早已看得很開。

這是旅行帶來的禮物，當你在歐洲遇到許多夫婦，你就會知道沒有子女，人照樣可以活得很開心。而且他們的父母，也絕對不會怪他們為什麼不傳宗接代。

一齊旅行的團友，多數只是夫婦一對，有的和我一樣，不相信一定要生孩子；有的兒女已成家立業，沒人在他們身邊，也和我一樣。

「哎呀，你不知道家庭的樂趣，那多可惜！」有些人搖頭。

「哎呀，你自由自在，真是羨慕死我們了……」有些人點頭。

完全是看法，他們怎麼想，對我一點關係也沒有。如果做人要為別人的話而活，也是相當悲哀的一件事。

雖然這麼說，父母之言，還是要聽的。最難過的那一關，還是擔心家長對我的期望，這是非常迂腐的。不過，蔡家已為長輩傳了六個孫兒孫女（哥哥、姐姐和弟弟各兩名），只有我沒有後代，我父母親是默許的。

看見友人為他們的子女煩惱，我捏了一身冷汗，當他們跑來和我商量時，我不知道怎麼安慰他們。我有最好的藉口：「我自己沒有，不能了解，不懂得處理。」

兒女背叛父母的例子也太多了，父母憎惡子女的個案也見的不少。讓上帝去原諒吧，我們自己饒恕不了的話。

新年期間，應該喜氣洋洋，怎麼思想那麼沉重？還是說點歡樂的。

「現在養一個小孩，根據統計，要兩百多萬港幣。」一位帶著一家人的團友說。

另一位沒有子女的笑嘻嘻：「蔡先生的旅行團團費二萬多港幣。我沒有小孩，可以參加一百次。」

活著，就要做有意義的事

有些城市有計畫地種樹，一排排植成林，煞是好看。香港也曾經受過這種洗禮，但只限於一小部分，像太子道上的魚木。

紅棉道上應該有很多木棉吧？已被砍光，現在剩下的只有零丁數株。彌敦道上，尖沙咀美麗華酒店附近的那一段，還是有很多棵大榕樹，家父最為欣賞，第一次來香港看了就覺得這個城市有文化。

當年他是乘船自大陸來香港，郵輪在維多利亞港口沉沒，弄得要游水上岸，身上一切盡失。他已不記得那艘船叫什麼名字，想查一查，但我為生活奔波，沒空去做，即使現在找出來，老人家已過世，遲了。

如果讓家父了了這個心願，那麼我做人，至少可以說曾經做過一件有意義的事。

什麼是有意義的事呢？種樹可也。

香港這個名字，懂得漢字的人當然知道它的意思，一被洋人問道：「**Hong Kong? What does it mean?**（香港？是什麼意思？）」的時候，我們照字面翻譯的答案，對方聽了一定哈哈大笑。

把這個被汙染的港口變香，並不可能。再花多少人力物力，洋海已不能清澈。不但香港，全世界大都市的海都是如此。

但是在香港散步，處處聞到花的味道，留下深刻印象，倒是做得到的，就算不能全年散發香味，但是至少有個一個月時間，也就夠了。

讓我們盡量去種白蘭吧！這種樹可以長得數十尺高，整棵開滿又長又尖的白花，香得不得了，我們的氣候也最適宜種這種花。

這種事最好讓政府去做，數十年政壇上的功績，在歷史上並不重要，但是享受過那陣芬芳的後人，認為香港的確是名副其實香的事實，是無人能夠抹煞的，何樂不為？政府不做，商人也行，總比留名在一個小小的學校有意義得多。

我們這輩人最幸福的事

「我們這一輩子的人真幸福，看到柏林圍牆被拆爛。」友人說。

其實任何苛政，從歷史來看，不過是短暫的一刻，都要倒下的。我沒反對他的看法，但是對我們這輩子，有另一個角度觀察。

一百多年前發明了電話，故事中的順風耳實現了。記得小時講長途時，還要大聲喊。當今的手機，是古人在童話中也創造不出的奇蹟，我們人人有一個，而且有的還可以看到對方的尊容，帶來了方便和不方便。

對我們這些寫作人，傳真機的發明是恩典，寫完稿一按鈕就發出去，羨慕死乘的士（計程車）過海交稿給報館的老作家，當今有些作者更在電腦上輸入中文直接傳送，但我們這種老頑固還堅持手寫，不是學得會學不會倉頡的問題，只是不肯去學罷了。

更令電影迷高興的是把那十卷又厚又大的菲林（膠捲、底片）縮成手掌般大的DVD，家中是一個電影院，得到無比的歡樂。

這些都是歷史上人類從來都享受不到的小小例子，我們得到的多，失去的也不少，像新鮮的空氣，沒有農藥的蔬菜，不經養殖甜美的魚蝦，等等等等。

我們這一輩子的人最得益的事，應該是無窮的智識泉源，那就是電腦中的資料庫了。任何事物，一經搜尋出現了數不清的情報，要看什麼書有什麼，所有的問題都得到了答案。全世界的博物館在家中都能看遍，一切是手指間的距離。

至於下一輩子的人什麼最幸福？

九月一日開學那天，遇到街上的學童，背著沉重的書包，愁眉苦臉。這證明天下的教育制度完全失敗，有哪一個老師聰明過電腦呢？

有一天如果那個鬼制度被打破，兒童到學校去只是認識新朋友，大家一起唱歌遊戲，那才是他們真正的幸福。

折磨，折磨，好過癮

大家都在喊：「歐元那麼高，到巴黎什麼也買不下手。」「日元高企[1]，現在去了東京，什麼都覺得貴。」又有人那麼說。東南亞的遊客也說：「香港雖然便宜了一點，但東西比起我們的都不便宜。」

這是一個相對的問題，我們住慣了香港，一切都是理所當然的。其實，香港是全球物價最高的都市之一，我們自己不覺得罷了。

我一生好彩[2]，住什麼地方，什麼地方的東西都貴。一到外國，錢花得輕鬆，像我在日本吃魚生（生魚片），就一直笑。

名牌東西，日本較貴，這是一般的理論。但是近年稅減輕了，價錢已和香港所差無幾。他們的辦貨人眼光較高，進的貨花樣有品味，就算貴了些，還是值得去買的。

一向主張，可以花多少就花多少，這一筆是辛苦賺來，用個百分之十不算過分，不用了反而沒有賺錢的動力。以這百分之十當預算，別一一計較，花光了算數。每一次用錢心痛

1 高企，指價位持續停留在較高點，且有再升高的可能。
2 通常指賭博時運氣好，有時也被詼諧用來表示倒楣。

一次，幹什麼？從大數目著想，換成外幣之後，把計算機丟掉就是。

你不是這種個性？那也不要緊，歐洲日本都不要去，到柬埔寨和緬甸吧！那邊一塊美金千千聲，你一抵步即刻成為百萬富翁，花個痛快！

當今錢用得最舒服的有泰國、馬來西亞和印尼，一切物有所值，街邊吃碟麵也不過十多塊港幣，味道好得很。

你也不捨得？

躲在家裡數銀紙（鈔票）吧，各有所好，不勉強。

我不會自認清高，認為錢是罪惡的。身邊留幾個是要的，其他的花掉。錢，是我的奴隸。

折磨，折磨，好過癮。

年輕時做過的瘋狂事

從大阪返回香港的飛機上，看了一部電影，片名已錯過，看到是大衛．林區（David Lynch）導演，即刻留意。

故事描述一個七十多歲的鄉下老頭決意穿州越嶺去看他的弟弟。平平凡凡，扎扎實實，和一般的怪異林區作品完全不同。

一開始就形容老頭雙腳不靈，眼睛有毛病，跌在地上不能動彈。

老頭覺得自己時日無多，決心上路，但他的駕駛執照因眼疾早被吊銷，只有坐著電動割草機，拖了一輛手焊的鐵棚出發。全鎮的人都以為他瘋了。

路上，他遇到了一個離家出走的少女，用智慧的語言令她回家。

除草機爛了，遇好心人為他換取一輛二手的。再壞，找人修理，要敲老頭竹槓，他一一殺價。這個老人一點也不蠢。

有人問他：「你單身出門，不怕壞人？」

老頭回答：「二次大戰時，我在戰壕中度過，有什麼比它更危險的呢？」

又遇到一位老頭，互相道出戰爭的可怕。老頭安慰另一個老頭，說自己當年是狙擊手，把敵軍一個個選出來殺死，最後還錯殺了一名美軍的哨兵。

幾經風雨，數日後終於抵達弟弟的家。同鄉中人說好久不見他，不知死了沒有？老頭心急，駕往弟弟家那條小路，是最漫長的。

終於見到弟弟，他們兩人年輕時因為口角而分開。老頭向別人說道：「再不去道歉已來不及。」

見面後兩個人坐在門外，大家一語不發。弟弟的眼光慢慢移動到那輛割草機和拖車，盯住，心中激動表現無遺，這時他大哭，觀眾都哭了。

片中印象最深的對白，是當老頭遇到一自行車隊，和選手們夜裡共宿，他們不禮貌地問：「人老了，最壞的是什麼事？」

老頭安靜地回答：「是想起年輕時做過的事。」

等到你成熟時，就會起變化

小朋友問我：「我總不能填滿那四百字的稿紙，不是太長，就是太短，怎麼辦？」

「這樣吧。」我回答，「不如把那四百字分為四個部分，一個部分一百字。」

「你是不是開我的玩笑？」小朋友惱了。

「不，不，我是正經的。」我說，「文章結構，總有起、承、轉、合，剛好是四段。」

「那不是太過刻板嗎？」小朋友不服氣。

「基本訓練，總是刻板，所有基礎，沒有一樣是有趣的。等到你成熟時，就會起變化。」

「怎樣的變化？」

「起、承、轉、合。」我說，「可以變成合、轉、承、起。或者任何一個順序都行，只要言之有物。」

小朋友說：「我明白了。如果將『轉』放在最後，就變成了一個意外結局（surprise ending），等於你常說的棺材釘。」

「你真聰明，一點就會。」我讚許。

「那麼每一段不必是一百字也行？」小朋友還想確定一下。

「那是打個比喻。」我說，「先解決你寫得太長或太短的疑問。」

「但是有時還患這毛病呀！」小朋友說。

「那麼，你寧願寫長一點。修改時，左刪右刪，文字更是簡潔。」

「有時不知道要寫些什麼才好。」

「我也是一樣呀。」我說，「所以要不停地觀察人生，不斷地把主題儲藏起來。」

「有了主題有時也寫不出呀！」

「那麼你先要坐下來，坐到你寫得出為止。這也是一種基本功，最枯燥了。寫呀寫呀，神來之筆就會出現。」我說。

小朋友不太相信，露出像我開始寫的時候，不太相信前輩所講的表情，我笑了。

專注與熱愛，方能在不同行業創造奇蹟

「你說投資，」小朋友問，「做什麼投資最好？我從來不懂得做生意，怎麼開始？」

「古人的話，有他一定的道理。」我說，「不熟不做。要做你認識的。」

「我只懂得我的老本行，最熟了。其他，一點也不懂。」他說。

「那麼開始學習呀。」

「學些什麼？」

「學你的工作之外，有興趣的東西。」我說。

「我只對吃東西和睡覺有興趣。」小朋友笑了。

「對吃有興趣，可以開小餐廳。對睡覺有興趣，可以設計枕頭。」

「唔。」小朋友說，「我沒有想到設計枕頭也是一種行業。」

「這行生意可大可小。一般人都對自己的枕頭不滿，說睡得不好完全因為沒有一個好枕頭，你能做出一個讓他們滿意的，一定有人買。」

「但是我只會睡覺，不會設計。」

「所以說要學習呀。」我說，「可以從研究背脊骨的構造開始，再進入天下最輕最軟的鵝毛是哪一種？一塊布的枕頭好，還是分成十個氣袋？天然樹膠的發熱量和人造塑膠的分別如何？枕頭蓋麻質好過絲綢？應不應該分春夏秋冬不同的四個袋子？用電腦分析頭和頸項的角度，行不行得通？抱枕呢？追溯它的歷史，叫作竹夫人。從前的抱枕，天氣熱的時候用竹編成的，你知不知道？有個象牙的抱枕，更涼快，但是現在象牙禁獵，可用什麼塑膠來代替？每一種東西都是一門學問。精了，就是專家，寫談論古今枕頭的文章，也是樂事。」

我一口氣說完。

小朋友哇的一聲：「除了睡覺和吃飯，我還喜歡做愛。」

我懶洋洋地說：「去拍小電影，拍得好，也能賺錢。」

一世到底有多長

說什麼，也是筷子比刀叉和平得多。

我對筷子的記憶是在家父好友許統道先生的家開始的。自家開飯用的是普通筷子，沒有印象，統道叔家用的是很長的黑筷子。

用久了，筷子上截的四方邊上磨得發出紫顏色來，問爸爸：「為什麼統道叔家的筷子那麼重？」

父親回答：「用紫檀做的。」

什麼叫紫檀？當年不知道，現在才懂得貴重。紫檀木釘子都釘不進去，做成筷子一定要又鋸又磨，功夫不少。

「為什麼要用紫檀？」我又問。

父親回答：「可以用一世人用不壞呀！」

統道叔已逝世多年，老家尚存。是的，統道叔的想法很古老，任何東西都想永遠地用下去，就算自己先走。

不但用東西古老，家中規矩也古老。吃飯時，大人和小孩雖可一桌，但都是男的，女人要等我們吃完才可以坐下，十分嚴格。

沒有人問過為什麼，大家接納了，便相處無事。

統道叔愛書如命，讀書人思想應該開通才是，但他受的教育限於中文，就算看過五四運動之後的文章，看法還是和現代美國人有一段距離。

我們家的飯桌沒有老規矩，但保留家庭會議的傳統。什麼事都在吃飯時發表意見，心情不好，有權缺席。爭執也不激烈，限於互相的笑。自十六歲時離開，除後來父親的生日，我很少一家人同一桌吃飯了。

說回筷子，還記得追問：「為什麼要用一世人，一世人有多久？」

父親慈祥地說：「說久也很久，說快的話，像是昨天晚上的事。」

我現在明白。

努力向前，必有收穫

這一個「名采」[3]版，作者們時常開天窗，有些資深的寫作人，因為公事要請假，也無可厚非，但是這對代他們寫的人很不公平。

「你要是寫得好，編輯就會請你了，何必替人家寫？」讀者們都有這個疑問。其實交替者的文筆都不錯。我認為要是有人開天窗的話，那就不是一個人來寫，而是大家寫。

很多想成為專欄作家的人，一直抱怨說沒有地盤，這不就是機會嗎？文章精彩與否，一篇見效，主要看可讀性高與不高。

甚至想到專欄版上應該有一個永久的空位，像貼大字報的牆，讓躍躍欲試的人發表他們的文章。

雖說中文水準低落，但每一個時代總會出現一些傑出的寫作人。我父親那一輩子，看我們的文字總是搖頭輕嘆，但也阻止不了亦舒、李碧華等人的冒頭呀。

3 香港蘋果日報副刊的專欄。

相信的不是一代不如一代，而是青出於藍，這才是正確與樂觀的態度。

新的寫作人去哪裡找？大把！在我那幾篇〈病中記趣〉刊登後大批慰問電郵之中，已看到有許多內容有趣、文字生動的來信，他們都是有希望成為專欄作者的人才。

凡事一求代價，層次必低。盡量寫好了，抱怨沒地方發言而停筆，就永遠停下來。當成記日記不就行嗎？

一時的光輝並不代表可以一直堅持得下去，專欄難在保持水準。什麼叫水準？熱愛生命，就是水準了嗎？

不停地寫，別虛偽，仔細觀察人生百態，題材多得不得了。千萬不要以「說得容易做時難」為藉口，從今天開始你就把自己的想法記錄下來，這是達到願望的第一步。記得區樂民做學生的時候，我也曾經這麼鼓勵過他。

過我想過的日子

《山居歲月》（*A Year in Provence*）和續篇《戀戀山城》（*Toujours Provence*）的作者彼得・梅爾（Peter Mayle）對於寫作，幽默地舉例：

作家常以為他的經紀人愛他愛得不夠，空白的稿紙是他的死對頭，出版社是不守信用的小氣鬼，書評家是他的大冤家，老婆不了解他，連酒保也不了解他。

銀行放款部主管一看到，便即刻躲在桌底下，他知道文人不是低風險的借帳對象。

作家需要做大量的資料搜集，外行人看來好像只要花五、六個小時在圖書館中就完事，或者只要打六、七通電話，但是在今天，作家提出所有的細節全部都應有事實根據，單憑想像和幾筆地方色彩是不夠的，讀者要知道作家到過什麼地方，做過什麼事才能信服。

太普通的國家沒人看，作家要做資料搜集，通常必須出現在一些最不堪過活、最危險的角落裡，像貝魯特或尼加拉瓜等。

幾個月很快地過去，雖然荒蠻地方，生活費不高，但是來回的機票不便宜，再加上回國後在醫院的身體檢查，看看是不是得了怪病，才是最貴的。

看起來作家好像萬事俱備，可以開始動工了，但對著那一大疊空白的稿紙，他來回踱步，呆呆地瞪著窗外（作家常常看天色）。最後，一個字也寫不出來。

這叫「寫作阻塞症」，或稱為「寫作痙攣症」，是作家兩耳之間出現的痛苦症狀，已經發生。

不知道別的作家怎麼想，我是願意無條件地挨下去，也不能適應舒舒服服但寄人籬下的辦公室日子。開會時我注意力已退化，打領帶會出麻疹，深深地厭惡公事包這件東西。

寫作是折磨，還是雅癖，我不清楚，但是我明明白白知道，作家的生涯就是過我想過的日子。

樂觀的人，運氣好

坐上的士，陣陣香味傳來。

「怎麼你的薑花沒枝沒葉，是一整紮的？」我看到冷氣口掛的花。

「哦，」司機大佬說，「我住在荃灣，那邊的花檔（賣花的攤販）把賣不出去的薑花折了下來，反正要扔掉，不如用錫紙包好，才兩三塊錢一束。賣的人高興，買的人也高興。」

又看到車頭有些小擺設：「車是你自己的，所以照顧得那麼好？」

「剛剛供的。」司機說，「從前租車的時候，我也照樣擺花、擺公仔。」

「要供多久？」

「十六年。」他並不覺得很長。

「生意差了，有沒有影響？」言下之意，是做得夠不夠付分期。

「努力一點，」他說，「怎麼樣也足夠，總之不會餓死。」

「你很樂觀。」我說，「近年來一坐上的士，都是怨聲載道。」

「不是樂不樂觀，」他說，「總得活下去，怨也活下去，不怨也活下去，不如不怨的好。怨多了，人快老。」

「你不是的士司機，是哲學家。」我笑了，看到車頭有個小觀音像，又問，「你信觀音，所以看得那麼開？」

「一個乘客丟在車上，我撿到了就用膠水把它黏在這，我不是信教，我只是覺得好看，沒有其他原因。」

「你們這一行的，大家都說客人少了很多。」我說。

「很奇怪，」他說，「我不覺得，大概想通了，運氣跟著好，像我載你之前，剛接了一單，客人一下車，即刻有生意做。」運氣好也不會好到這麼厲害吧？到家，我付了錢，鄰居走出大門，截住，上了他的車。

第二章

興之所致地活，才算精彩

珍惜每一刻
應得的享受，
把人生充分地活足了它。

美人在每一階段都好看

有人問我，你寫那麼多關於女人的東西，那你心目中的女人是什麼？

我一回答，即刻被眾人罵：哪有那麼好的女子？

罵多了，我學乖，再也不出聲。但心中想想，又不要花錢，又無冷言冷語，總可以吧？正在發痴，又被人責備腦中的綺念。

好，就舉明朝人對美女的看法吧，要罵，你就去罵明朝人，和我無關。

他們的美女，有下述條件：

一、閨房

美人一定要住好的地方：或高樓、或曲房、或別館村莊。房內清楚空闊，摒去一切俗物，中置清雅器具，及相宜書畫。室外須有曲欄迂徑，名花掩映。要是地方不大，那麼盆盅景玩，斷不可少。

二、首飾衣裳

飾不可過，亦不可缺。淡妝濃抹，選適當去做好了。首飾只要一珠一翠，或一金一玉，疏疏散散，便有畫意。

服裝亦有時宜：春服宜倩，夏服宜爽，秋服宜雅，冬服宜豔。見客宜莊服，遠行宜淡服，花下宜素服，對雪宜麗服。

衣服大方，便自然有氣質。

三、選侍

美人不可無婢，描花不可無葉。佳婢數人，務修清潔。時常教她們烹茶、澆花、焚香、披圖、展卷、捧硯、磨墨等。

為她們取名的時候絕對不能用什麼「玫瑰」、「牡丹」等俗氣的字眼，可叫她們為「墨娥、綠翹、紫玉、雲容、紅香」等文雅的名字。

四、雅供

在閨房的時間長，所以必須有以下的家私和器具：天然椅、藤床、小榻、禪椅、香几、筆硯、彩箋、酒器、茶具、花瓶、鏡臺、琴、簫和圍棋。

如果有錦衾紵褥、畫帳繡幃那就更好，能力辦不到，布簾、紙帳亦自然生趣。

五、博古

女人有學問，便有一種儒風，所以多看書和字畫，是閨中學識。

共話古今奇勝，紅粉自有知音。

六、備資

美人要有文韻，有詩意、禪機。

七、晤對

喝茶焚香，清談心賞者為上；喜開玩笑好玩者次之；猜拳飲酒者為下。

八、神態情趣

美人要有態、有神、有趣、有情、有心。

唇檀烘日，媚體迎風，喜之態；星眼微瞋，柳眉重暈，怒之態；梨花帶雨，蟬露秋枝，泣之態；鬢雲亂灑，胸雪橫舒，睡之態；金針倒拈，繡榻斜倚，懶之態；長顰減翠，疲臉銷紅，病之態。

惜花踏月為芳情，停欄踏徑為閒情，小窗凝坐為幽情，含嬌細語為柔情，無明無夜、乍笑乍啼為痴情。

鏡裡容、月下影、隔簾形，空趣也。燈前月、被底足、帳中窗，逸趣也。酒微醺、妝半卸、睡初回，別趣也。風流汗、相思淚、雲雨夢，奇趣也。

明朝人還加以注解說：態之中我最喜歡睡和懶。情之中我最愛幽與柔。有情和有心則大可不必了。我雖然不忍負心，但又不禁痴心。不過來個緣深情重，又是件糾纏不清的事。

所以我說，大家相好一場之後，到頭來各自奔前程，大家不致耽誤，你說如何如何？

以前的袁中郎是個聰明人，他在天竺大士之前說過這麼一句話：「只願今生得壽，不生子，侍妾數十人足矣。」

九、鍾情

王子猷把竹叫為「皇帝」，米芾將石頭稱呼為「丈人」。古人愛的東西，尚有深情，所以對女人，也非愛不可。

她們喜悅的時候暢導之，生氣時舒解之，愁怨時寬慰之，疾病時憐惜之。

十、招隱

美女應像謝安之屐、稽康之琴、陶潛之菊。有令男人能有她相伴而安定下來的魅力。

十一、達觀

美人對性的觀念應該看得開，好色可以保身，可以樂天，可以忘憂，可以盡年。

十二、及時行樂

美人在每一個階段都好看。至到半老，色漸淡，但情意更深遠，約略梳妝，偏多雅韻。如醇酒，如霜後橘，如名將提兵，調度自如。

香肌半裸、輕揮紈扇、浴罷共眠、高樓窺月、闌珊午夢等，神仙羨慕之聲。此時夜深枕畔細語，滿床曙色，強要同眠。

花開花落，一轉瞬耳，美女了解此意，故當及時行樂也。

這世界哪有什麼剩女

亦舒又在另一期的《明報周刊》專欄中，寫了一篇〈感情〉，提到我說過：「所有感情的煩惱，都因為當事人愛得不夠。你若愛他，不會遭遇第三者，不會分居兩地，也不會認為愛上不該愛的人。諸多躊躇，均因愛他不夠，愛自己更多。」

我說過很多關於感情的話，已不記得，好在亦舒提醒。但感情事，也會因時間而變，你雖然有過金玉盟，一旦對方已經變成了另一個人，那麼可以取捨的。因為你的承諾依舊，可是對方已經不是當初那個人。離開了，是可以諒解的。

至於文章中提到把年紀大了還未婚的女人，稱為剩女這回事，我也同意觀點是無知的。當今是什麼時代，不結婚就不結婚，結了婚也不代表是完美，有什麼所謂剩與不剩？問題是克服自己的心魔，人家說你，你就自以為是剩女。那麼，神仙也救不了你。要是你不管其他人的批評，你才是一個真正的自由人，一個好的女人。

我身邊有很多這種好女人，她們有空了就去旅行，探望遠地的老友，愛讀書，喜歡看電影。這些精神伴侶，都比一個壞老公強得多。

我尊敬她們對不結婚的態度，不被世俗捆住，不向制度低頭，而婚姻，是一個極野蠻的制度，我們都是動物，動物之中沒實行一夫一妻，你雖然說人類的智慧高於其他動物，所以婚姻制度才產生。而這種規則，因時代而變。你如果是古人，一妻四妾；你要是生長在國外某些民族地區，一妻多夫，也是自然的事。

談到性，似乎對亦舒不敬，她從來不提，不過在近作中，描述把男人換了又換的剩女，趣味性極高，推薦你一讀。

男人，當有男人味

男人一搽香水，便留給人一個娘娘腔的感覺，所以他們永遠不會承認，只是說：「啊，那是洗髮精的味道。」

大家都洗頭，為什麼又沒那麼香？男人又說：「啊，那是鬍後水。」

還是德國人老實，早在一七九二年的二百多年前，他們便自認搽香水，發明了古龍水，最出名的是4711。4711只是一股清香，並不像女人香水那麼濃郁，灑上大半瓶，味道一下子便消失，搽了等於沒搽。

跟著社會的繁榮，以及女人香水市場的飽和，商人拚命向雄性動物打主意，開發了龐大的男人古龍水生意，每年的銷路，是個天文數字。

今天，男人的臉皮越來越厚，也不介意別人怎麼說他，一味大搽古龍水。而且男人不斷地要求把香味加濃，本來一瓶古龍水有百分之三的香精油，已加到百分之十了。

味道最強烈，也最受歐美人士歡迎的應該是Aramis。有一次在飛機上遇到一個穿西裝的黑人，他搽的只有百分之十香精的Aramis，怎麼樣也抵不過身體發出的百分之百的狐臭，這種混合了的毒氣，比任何汙廁還要強烈一萬倍。

女人身上便聞不到，因為她們有香水。男人至今還沒機會搽上正式的香水，在男士古龍水中從前沒有強調「最貴」，如女人的Joy，真是可憐。

當然還是有很多人討厭男人搽古龍水，但是如果你經歷過各地名勝中的人群汗臭，你會寧願男人都搽香水。

好了，現在我們男人開始買古龍水吧。挑選哪一種最好呢？

世界上有成千上萬的古龍水牌子，但香味系統逃不過香味四大家族：橘子香（Citrus），含有檸檬、柑、橙花等混合的味道；素心蘭（Chypre），其實和素心蘭花無關，含有橘子香、橡苔的混合味道；馥奇（Fougere），只是個讀音譯名：含有薰衣草、橡苔及藿香的混合味道；東方香型（Oriental），含有香草琥珀的混合味道。

在歐美賣得最多的二十種名牌之中，素心蘭家族占得最多，有八個牌子：Aramis的Aramis、侯斯頓（Halston）的Halston Z-14、雨果博斯（Hugo Boss）的Hugo、聖羅蘭（YSL）的Jazz、迪奧（Dior）的Fahrenheit、雅詩蘭黛（Estee Lauder）的Lauder For Men、雷夫・羅倫（Ralph Lauren）的Safari For Men以及卡爾文・克雷恩（Calvin Klein）的Escape For Men。

第二位是馥奇家族，有六種：Rabanne的Paco Rabanne、雷夫・羅倫的Polo、阿莎露（Loris Azzaro）的Azzaro For Men、姬龍雪（Guy Laroche）的Drakkar Noir、大衛杜夫（Davidoff）的Cool Water、卡爾文・克雷恩出品的Eternity For Men。

第三是橘子香家族：迪奧的Eau Sauvage、亞曼尼（Armani）的Armani For Men、拉科斯特（Lacoste）的 Lacoste。第四是東方香型家族：香奈兒（Chanel）的 Egoiste、卡爾文・克雷恩的 Obsession For Men。最後是帕洛瑪・畢卡索（Paloma Picasso）的 Minotaure。

美國文化傳統敵不過歐洲，美國人對香味的要求並不考究，而且是廣告之宣傳力量下的產品，所以首先可以把美國廠的古龍水由上述的名單上刪除。

德國時裝公司的西裝，永不及法國的設計和義大利的手工，所生產的香水好極有限（好不到哪裡去），也可以不用考慮。

大衛杜夫的雪茄和白蘭地皆有水準，副產品的古龍水不會差到哪裡去。

畢卡索的女兒設計的 Swatch 手錶被抬舉得價錢甚高，但在國際服裝和化妝品上還未奠定她的地位，所出的古龍水是好是壞，你也應該知道。

Rabanne 雖然歷史不久，但是古龍水卻有一股不膩的幽香。

運動家型的男子，Polo 較適合吧，傳統一點的用 Fahrenheit 不錯。愛羅曼蒂克氣氛的，可用 Jazz。至於高尚男士，多驕傲，用襯名字的 Egoiste（自戀狂）好了。

除了人造的香味之外，男人本身是否真正有男人味呢？當然有啦，我們身上發出的味道，就是男人味，最原始時用來挑撥起女人的性欲，哪怕是汗味或者是狐臭，各花入各眼。我們的臭味，對喜歡我們的女人，都變得難忘。也許，有一天我們被外星人抓去，拚命地抽出我們的狐臭，就像人類採取鯨魚精子和麝香當香劑一樣。

說正經的，狐臭太過怪異，有一種叫 Byly 的西班牙藥膏，可以讓狐臭發酵成酒精蒸發掉，很有效用，可惜最近已不進口。總之，男人只要多洗澡，便有一股自然的香味。

至於真正的男人味，是抽象的。

男人在思考的時候，在做決定的時候，在創作的時候，在發命令的時候，都有男人味。對身邊人類起不了作用的男人，就算浸在一缸古龍水中，聞起來，像殺蟲水居多。

男人和女人

男人和女人，完全是兩個不同的動物：

一、我們男人用電話，最多三分鐘就把事情講完。

二、出門三天，最多一個包箱就夠，拿出或收拾衣服，都只要十多分鐘。

三、不怕髮廊或美容院打劫我們的荷包，化妝品省下的錢，更是無數。

四、我們的老朋友根本不管你有多胖，他們不會叫你減肥。

五、姓什麼就姓什麼，前面不必加另外一個人的姓。

六、我們晚上睡覺的樣子，和我們翌日起身的樣子，都是一樣的。

七、我們穿來穿去，都是那幾件衣服，那三雙鞋，我們也不想指揮別人穿什麼。

八、我們不管穿什麼，都可以把腳打開著坐，絕對不會失儀態。

九、公司裡有同事在你背後說壞話，你可以一笑置之。

十、參加一個派對，看到別的男人和我們穿一模一樣的衣服，我們不會介意。

十一、我們坐在車後，絕對不會叫駕車的朋友轉左轉右。

十二、我們想什麼就講什麼，不會假裝說這一切都是為你好。

十三、老朋友帶什麼女人上街，我們不會批評她們的美醜。

拍戲讓我洞悉人生

天地圖書為我出版了一冊新書，題名《吾愛夢工廠》，看了很喜歡，謝謝編輯陳婉君和美編楊曉林，不管是圖片的收集和文章的編排，都很精美恰當，只少了一篇序，而我的書多數是無序的，如果能夠再版，也許可以把現在寫的這篇加進去。

封面上的黑白照片，右邊站的是誰？有些讀者問過。這位老人家在西方鼎鼎有名，就是一九七二年的那部經典災難片《海神號》（The Poseidon Adventure）的導演。此片亦重拍過，不管電腦特技有多麼進步，但在劇情上的控制，遠遠不如舊的。

羅納．尼梅（Ronald Neame）是英國人，出生於一九一一年，入行時為攝影助手，升為攝影師時拍過《窈窕淑女》（Pygmalion，一九三八）、《效忠祖國》（In Which We Serve，一九四二）。在一九四五年拍了大衛．連（David Lean）的《舊愛靈靈妻》（Blithe Spirit）之後，兩人關係加深，當了大衛．連的製片，監製過《相見恨晚》（The Brief Encounter，一九四五）和《遠大前程》（Great Expectations，一九四六）等經典之作。他自己導演的戲無數，值得一提的是《百萬富翁》（The Million Pound Note，一九五四）、《財星高照》（The Horse's Mouth，一九五八）、《春風不化雨》（The Prime of Miss Jean Brodie，一九六九）。

到了好萊塢後最出名的還是《海神號》了，片商們看他拿手，就接著請他拍另一部災難片，叫《世界末日》（Meteor，一九七九）。此片剛出DVD，講的是大隕石衝擊地球的故事。這種題材後來好萊塢拍過好幾次，也不如它的精彩，雖然當年的特技，今天看起來還是幼稚的。

很多人不知道，《世界末日》是與香港邵氏公司合作的影片，部分外景在香港拍攝，而負責當地製作工作的，就是我了。

在這段時間內，老人家發現和我談得來，不斷地教導我關於電影的製作和編導的技巧。好萊塢的鉅資製作，是不允許超支的，開工後得按照行程拍攝，否則延遲一天，就要損失數十到一百萬美金。當我們去外景時，天雨，上千名臨時演員在等待，怎麼辦？老人家說：「拍特寫。」

我們把這些瑣碎鏡頭完成後，雨漸停，問道：「是不是可以拍遠景了？」

「還不行，光不夠。」他斬釘截鐵地說。

「怎麼知道光夠不夠的呢？」我再問。

「你看商店裡的日光燈，要是比外邊還亮，那就表示還不能拍。等看不見了，光就夠了。」回答得實在有道理。

至於監製上的工作，他老是教導：「鎮定，鎮定，鎮定，鎮定。做阿頭（帶頭人、負責人）的，一慌張，解決不了問題。」

謝謝老師，今後做人，懷此態度，也得益不淺。

有趣的人物，還有受藝術和商業界都看重的約翰．休斯頓（John Huston），他在一九七九年來香港，不是當導演，而是做演員，拍了《黑豹》（Jaguar Lives!）。

我們閒聊時，問道：「你是位大導演，怎麼肯來這裡拍一部B級動作片，而且演的還是反派呢？」

他一面抽雪茄一面說：「如果你真正喜歡電影的話，有什麼工作你就做什麼。什麼叫反派？什麼叫正派？哈哈哈哈，我是一個無恥，也不知道什麼是被尊敬的人。怕什麼？什麼叫羞恥？自己感覺。別人說什麼你不必去管，三級片，也儘管去拍好了。」

我今天還記住他重複又重複的那句：只要真正喜歡電影的話。

僵屍片中，除了演僵屍的克里斯多福．李（Christopher Lee）之外，一定有一個僵屍殺手，叫凡赫辛，而經常扮演這個角色的是彼得．庫辛（Peter Cushing）。他來香港拍《七金屍》（The Legend Of Seven Golden Vampires，一九七四）的時候，也經常喜歡聽我說東方影藝的故事，但他本人不太出聲，有點像戲裡演的教授，真人比他面對的僵屍還要陰森。

常演大反派的李．范．克里夫（Lee Van Cleef），後來在義大利西部片中演了些角色，紅了起來，也當主角。來香港拍外景時由我招呼，他當年已經酒精中毒，而且頭已禿，剩下兩邊髮角。大醉之後叫醒他拍戲，他迷迷糊糊，抓了頭頂上那塊假髮就貼上去。貼反了，由我指出，他一望鏡子，哈哈大笑。一站在鏡頭前，即刻非常清醒，一拍完，醉態又生，是注定吃演員這一行飯的人。

接待來邵氏片廠的人還有喜劇大明星丹尼．凱伊（Danny Kaye），他是帶著一個男伴來的，是個禿頭大胖子，被他一直指指點點大罵，像一個受委屈的老婆。當年同性戀還不被接受，要是被傳媒揭發了，就當不了聯合國兒童基金會大使。

班尼．希爾（Benny Hill）來過，平時人頗正經，一有記者拍照，即刻扮滑稽相，記者把相機放下，他又板起臉孔不笑。過後不久，就去世了。

印象最深的還是王妃葛麗絲．凱莉（Grace Kelly），當年來港參觀，身體已臃腫，但笑臉依舊，和摩洛哥國王一起左看右看，似乎對電影已不感興趣了。有很多人不識趣，不斷地要求合照，起初還保持笑容，後來人實在太多，略略地皺了一下眉頭，王妃典範，還是保持住了的。

除了羅納．尼梅活到差不多一百歲，其他人物俱往矣，夢工廠中有他們的足跡，在我腦裡也留了深痕。

做製片人，是怎樣的體驗

人家問我：「你是幹什麼的？」

「製片。」我說。

「什麼？」

「製片，電影的製片。」

「什麼叫製片？」這是必然的反問，「主要是做些什麼工作？」

是的，什麼叫製片呢？有時幹我們這一行的人都搞不清楚。

最原始的定義，製片是由一個主意的孕育，將它構思成簡單的故事，請編劇寫成分場大綱，再發展至完整的劇本。同時間內，製片接洽適合此戲種的導演、演員和其他工作人員，計算出詳細的預算。定了製作費之後，便開始製作。拍攝期間，任何難題都要製片解決。至於拍成，善後的配音、印拷貝，連海報亦要參與意見，一直到安排發行，販賣外國版權，片子在戲院上映為止，無一不親力親為。籠統來說，是校長兼敲鐘人。

「那麼邵逸夫、鄒文懷等，算不算是製片呢？」有人問。

邵先生和鄒先生各自擁有片廠，一年製作多部電影，無法對每一個細節都去花時間研究，就交給別人去處理，他們只做決定性的選擇。通常，外國人稱之為「電影大亨」。我們的地區，在廣告和片頭字幕裡冠上「監製」之頭銜。

「那麼，監製就是老闆了？」你又問。

這倒不一定。監製可能是一個維持電影製作水準的人。他們在故事和劇本上參與意見，控制製作費用，把完成的電影交給出錢的老闆，自己領取監製費，或者在總盈利上分到花紅，或者在製作費上參加股份。像《神勇雙響炮》就是洪金寶「監製」的。

「片頭字幕上的出品人呢？那是什麼？」

出品人倒多數是「出錢人」了。這些人有的懂電影，有的不懂，他們看中一個劇本，或一個導演，或一個明星，做出投資，其他一切卻不去管，交給「監製」或者「製片」。片子上映時，總不能在字幕上寫明「老闆」，所以電影界發明了「出品人」這名稱。

「製片既然不是出品人，又不是監製，那麼他們的地位是很低微的了。」有的人還是不明白。

要是一個製片沒有主見，受到老闆和導演左右，替雙方打打圓場，跑跑腿，這種製片的確很可憐。這種人不應該被稱為「製片」，而只是一個大「劇務」。

「劇務又是什麼呢？」

劇務應該是製片的助理，負責安排交通、飯盒、派通告通知演員集合的時間等等，在一部電影的創作上，亦費了精力。

「製片要替老闆控制預算，那不是非要和花錢的導演打架不可？」

導演和製片之間的關係，應該像個夫婦檔。製片必須了解導演的創作意圖，幫助他們，令導演想像力變成形象，化為現實。如果斤斤計較地在每一位導演的要求上討價還價，那只有影響導演的情緒，妨礙他們的創作。

有些個性比較單純的導演，以為一抓到拍戲的機會，便要求一切盡善盡美，不管投資者的死活，不顧預算的高低，明明不是重點的戲，也當主要戲目去拍，懷著萬一片子太長，可以一刀剪掉的私心，拍個沒完沒了。這時候，製片要是不會全面性地顧及，整盤計畫就要崩潰。所以，他必須向導演申明大義，防止導演胡作非為。

反之，有的導演太注重預算，主場戲也馬虎處理的話，那麼製片必須請他們多下時間和心思去拍攝。花錢的不是導演，而是製片了。

應花的花，應節省的節省，這是製片必須做到的基本工作。這句話說起來容易，執行起來是非常困難的。哪裡是界限？全憑製片對電影的了解是否足夠，眼光是否遠大。

導演也是人，有他們的自尊和信心。人都有犯錯的地方，不顧及導演的情感而當面斥責，壞處必然反映在作品上。讓這現象發生，是製片的錯。故製片唯有和導演的關係搞得密切，一如新婚夫婦那麼如膠似漆，又要在公婆面前搞得體面，才能得到親戚們的讚賞。

「製片用什麼水準去挑選演員呢？」這也是常被發問的項目。

答案當然是以哪一個演員的性格最適合那一個角色為基本。接著，製片要考慮到這個演員對賣座有沒有幫助，這也非常現實，不能自欺欺人的。

他們的片酬是否合乎預算，也是個頭痛的問題。錢方面算是解決了，他們是否能夠和拍攝日子配合？

製片被迫放棄某個理想的演員，心裡只有陰影，但在無可奈何之下，必須和導演商量改用一名次要的演員時，考慮採用新人。

用新演員是一種極大的賭博，需要勇氣、膽色以及眼光。他們的片酬是相對低了，時間上也容易控制。但是花在磨練新人上的金錢、時間和心血，到頭來你會發現和請既成名的演員是一樣的。但是在賣座上的風險也大了。不過，培植一個新人冒起，那種滿足感是無法去形容的美妙。

「製片用什麼標準去挑選工作人員呢？」

這主要是靠經驗了。

在一部片子的製作過程中，你會發現一組工作人員中常有些庸才。

製片將把這些人過濾、淘汰，剩下一組精英，一人身兼數職。熱愛電影和相處隨和的工作人員，能影響片子的進度，以及拍攝中的愉快氣氛。整組人是個巨大的齒輪，任何一處不對，都能拖慢製作，破壞片子的旋律。

有的副導演和服裝師是死對頭，但兩人皆為一流高手，那製片就要自掏腰包請他們喝老酒，猜花拳。

喝酒不一定行得通，因為有些平常很乖順的工作人員，醉後必然大打出手。這種情形之下，只好帶他們換個地方娛樂。

在本地工作還好，但一組人到外國拍戲，一拍就是一年半載，那麼，什麼人性缺點都暴露出來，本身就是一部恐怖片，一個瘋人院。

這時候，唯有容忍才能解決問題。容忍更是最難做到的，到了外地長住下來，缺點最多的往往是製片自己。

「如果你有選擇，你願意當出品人、監製、還是製片？」朋友問我。

我的答案還是當製片。

不懂電影，出錢的出品人和銀行貸款沒有什麼分別；懂得電影，做重要決策的出品人對一部電影沒有全面性的照顧，感情也跟著減少。

監製和製片其實應該是一體的。

製片的工作更詳細的分析是非常非常的繁雜，先要了解整個電影界的局面，知道外國和本地的市場。他們還要明白片子發行的途徑，那又是一門很深的學問。

他們還必須取得出品人、導演、演員和工作人員的信任。每一個人都有自己的脾氣，把一群對電影狂熱的瘋子集合在一起，而令大家不互相殘殺，變成一體地工作，是一個艱巨的任務。

投資者有時提出匪夷所思的建議，製片需要堅決地站在自己的崗位上，不卑不亢執行自己的工作。成功了不能驕傲，失敗了要勇敢地承認自己的錯誤。

製片應該也會導演。至少，他在談劇本時必須和導演一塊將一場戲在腦中形象化，判斷是否得到預期的效果。至少，他在整個劇本裡必須和導演一塊在腦中「看」完一齣戲。

製片應該每天看導演拍攝出來而未完成的影片，並且要會將零碎的鏡頭組織起來，了解這場戲是多出或是缺少了什麼鏡頭。

「我們在這裡加一個特寫，是不是更有力？」製片問導演道，「當然，還是以你的意見為主，由你去決定。」

如果導演還是一意孤行，而你又知道少一個特寫不會影響到整體的戲時，製片只有裝聾作啞。

但是，這個特寫是決定性地會令整體的戲更好時，製片必須堅持。

堅持也是很難的，與導演爭論得臉紅耳赤是低招，命令更是低低招。

最好是說服攝影師、燈光師，甚至於服裝道具，讓他們向導演左一句右一句，到最後讓導演來和製片說：「這個特寫是我自己也要加的。」

「製片不是生下來就會的，要怎麼樣才能當上製片？」對電影有興趣的年輕人問。

當製片沒有什麼學校教的，只要有志向和累積的學習。製片最好由小工做起，先是場記、副導演，或是由劇務的跑腿，行內所謂的「蛇仔」，慢慢升到劇務、助理製片。他們要懂得電影製作中的每一個過程，攝影、燈光、服裝、道具、劇照、化妝等等，才能略有當製片的資格。

在這過程中，製片了解了各部門所需的器材和它們的性能。單說攝影，製片就要知道什麼情形之下用大機器米切爾（Mitchell），什麼情形之下用小機器阿萊弗萊克斯（Arriflex）。阿萊弗萊克斯也分二C號者，只可拍攝事後錄音片子，因為一開機就吵個不停。三號和BL型就能同步錄音，它們很靜，但市面上沒有幾副，製片要能一個電話就打到可以租賃的地方。什麼情形之下，可以說服導演和攝影師用二號機，什麼情形之下，挪移製作費去租昂貴的沙龍公司代理的潘那維申機（Panavision）。

鏡頭有快慢，夜景時用快鏡頭可以省下燈光器材的租金和打光的時間。這時候，是否要配合採用感亮度強的底片？底片之間，要用柯達的還是富士的？後者較便宜，但需要考慮和整部片的色調是否統一？微粒會不會太粗？底片經過時間儲藏會有褪色的現象嗎？這又要涉及暗房沖印技術了。哪一家最好？哪一家能夠幫助攝影師「推」高一個光圈或兩個光圈，而微粒照樣不變？這一家暗房，能不能夠做到攝前曝光或攝後曝光，以讓片子有一種朦朧而懷舊的效果？本地不行，是否拿去東洋或東京或東映現像所？寄到澳洲？或者英國蘭克？或者好萊塢的電影實驗室公司？他們的價錢要比本地暗房貴多少？我們是否有這種時間和金錢上的預算？進一步，又關聯到是用新藝綜合體拍，或者是用標準方式？用標準方式，是用一比一點八五，還是一比一點六六？前者太過窄長，重疊中英文字幕占去太多的畫面，還是一比一點六六比較適合我們的電影，一點六六的畫門和磨砂玻璃難找……

「你講的東西都太專門，煩死人了，還是談些有趣點的吧！你們做製片是不是常有女明星跟你們上床的？」朋友嬉皮笑臉地問。

咬大雪茄，雙手擁抱兩個金髮肉彈美女的製片，只是漫畫型的幻覺。

我們做製片的宗旨，是不在吃飯的地方拉屎。

「你想不想當導演？」朋友問。

當然想嘍。不過，導演的工作範圍，的確是來得比製片小。導演負責搞好劇本，選擇演員、分鏡頭、拍攝、剪輯配音與善後工作，完成後參加記者招待會。他們不必考慮海報的設計、劇照的選擇，預算超出又怎麼辦。他們也免除賣版權、組織發行網，還有種種人事上的困擾和麻煩。

製片人的問題發生不完，他們過關斬將地一一解決，快感在這裡產生。同時，在實習過程中，也照樣遭遇到種種的挫折和苦惱。許多製片的酒量都不錯，因為在他們爬上來時任勞任怨，只有事後孤獨地借酒澆愁，酒量都是那個時候訓練出來的。

「聽你講得那麼好玩，我也想當製片。」朋友發言。

我要警告他，製片人多數有個悲劇性的宿命。人生注定有起有落，所製的電影賺個滿缽的時候當然意氣風發，但一連三片不賣錢的，就沒有人問津。聰明的製片人多數先搞好發行和經營戲院，變成所謂的電影大亨。如果你做不到，那你要學會在低潮時還默默耕耘，靜觀自得地挨過這個難關。最好有個副業，像寫寫專欄。

上面所講的只是些個人的嘮叨，大部分只是吹牛。做製片我還是個小學生。本地傑出的製片人不少，希望他們完成我辦不到的心願。

當成玩的，什麼事都可以做

和倪匡兄閒聊：「《天地日報》將我寫你的稿子抽出來，要集成一本叫什麼《倪匡與蔡瀾》的書，你認為怎樣？」

「太好了。」他說，「由老友寫自己，有什麼比這個更快樂的事？要不要寫序？」

「你老兄不是說停筆了嗎？」

「有什麼問題？請出版社派人來家裡等著，我一下子就能寫好。」

「現在還在編輯，想不到一寫，就有一百多兩百篇，當成一冊太厚了，分兩本又嫌麻煩。」

「怎麼出都行，要做就做。」倪匡兄說。

我這個人的想法也和他一樣，說做就做了。既然他不反對，就能成事。

「從前也有幾本《倪匡傳》之類的書，現在都絕版了。」

「也沒什麼好看，絕版更好。」他說，「傳記一本正經來寫，沒什麼看頭；寫來讚美一個人，更是虛偽；寫來罵人，都是傳記作者想標新立異，不值得看。」

「那麼人物自己寫自己呢？」

「除了拚命往臉上貼金，還有什麼可讀的？人一世，總有黑暗的一面，都想把它埋葬，挖出來幹什麼？」

「能賣錢啊，像比爾．柯林頓（Bill Clinton）的《我的人生：柯林頓回憶錄》（*My Life*）就賺個滿缽。」

「那是歐美才能做到，那邊沒有翻版，一下子賣幾百萬本，撈一筆也不錯。反正那些政治家說的話沒有一件是真的，從頭到尾，都是騙人。」

「東方呢？」

「看書的人越來越少，你說能賣得了多少本呢？」他問。

「說的也是，不如叫《天地日報》打消這個主意吧。」

倪匡兄笑了四聲：「大可不必，當成玩的，什麼事都可以做。」

就那麼決定，趁這幾天得空，把書編好。

穿起西裝，總是莊重、好看

西裝，已經被公認為國際性的男人衣服，不管什麼國家穿什麼傳統衣著，西裝，總是最正統、最被大眾接受的。穿上一套整齊的西裝，是向對方致敬，成為一種禮貌。

自從西裝發明以來，變化並不太大，考究起來是十八世紀開始的，將永遠流傳下去吧。基本的結構是上衣和褲子，裡面穿著襯衫，打條領帶，即成。

上衣有時三粒紐扣，有時兩粒。大關刀領子的雙排扣西裝則有四至六粒紐扣。兩邊袖子上各有一排紐扣，一、二、三、四粒不等，但是一點用處也沒有，據說是防止人家拿袖子來擦嘴，但這個理論有點疑問。不過，高級的西裝，袖子上的紐扣是應該可以扣上或解開的；如果只是釘上去裝飾，那麼這件西裝好極有限。

隆重一點的場合，可穿三件式的西裝，背心的布料當然要和西裝相襯，但也限於前面，背面要是也用西裝布，就顯得臃腫了。

領子大有學問，有時流行闊，有時流行窄，適中的衣領，永遠不跟流行，可以一直穿下去，是最佳的選擇。從前盛行由上海師傅或廣東師傅手工做西裝，前者的手工費要比後者貴一倍，但當今已經不再請裁縫做西裝了，道理很簡單，本地裁縫的西裝，經折疊，領子便出現皺紋，久久不退。歐洲做的西裝，經油壓處理，領子永遠是挺直的，就算夏天熱了脫下來掛在手臂上，有點皺痕，但是穿一陣子，或掛起來，領子便很快地恢復原狀。所以現在大家都去買西裝，中國裁縫剩下沒有幾個。

但是在歐洲，手製西裝還是最昂貴的，各個名廠都可以為客人量身訂製，當然，價錢要比買的至少貴出一倍以上。

手工方面，義大利做得又好又便宜，所以名廠只負責設計，在義大利裁剪，英法西裝的後領，都有「義大利製造」的文字。

瑞士的手工也不錯，價錢比義大利貴，傑尼亞（Ermenegildo Zegna）的西裝，多是瑞士製造的。

其他法國名牌如迪奧、愛馬仕（Hermès）、浪凡（Lanvin）、香奈兒等，都是義大利手工的。

英國登喜路（Dunhill）西裝最傳統了，他們的深顏色西裝不太改花樣，近年來只有衣扣上有個新設計罷了。登喜路的西裝不厚不薄，四季可穿，價錢不便宜，但物有所值。

看起來，所有廠家的西裝都是一樣，但穿起來就不同，有些公司的肩是斜的，高瘦的人穿起來就不好看，斜肩西裝只適合運動家型的男性穿。

買西裝並不一定合身，袖子的長短是最大的問題，每家名牌店都有專用師傅會為你更改。長短不是把袖口切掉，這一來，紐扣的位置就不對了，長短是在連肩的部分改的。

整件上衣分 Long Cut、Short Cut，前者適合高瘦的人，後者為矮子而設。背部長得畸形的人可以由中間放開或收縮，這也大有學問，一件名貴的西裝，要是經過一個下等的師傅一改，就泡湯了。

褲子是留著褲腳，依客人的腳長折縫。褲頭也可以收放，但是多少限於一英寸左右。太大太小，都不能超過一英寸，否則便要換一個號碼的尺寸才能穿得下。

便宜的西裝幾百元到一千多元就能買到，貴的一萬多，很少超出兩萬的，和女人的衣服比起來，男人還是著數（撈到便宜）。

買西裝的祕訣在於其料子上乘，不跟流行的話，趁每年兩三次的大減價去買好了。每年添個一兩套，累積起來，已經夠穿。不過也有條件，那便是不能吃得太胖，否則所有西裝都穿不下去，便要花費一筆錢去買新的。

不管你怎麼討厭穿西裝，但是一穿起來，整個人不同就是不同，只要身材不是太肥或太瘦，穿起西裝，總是莊重、好看。

穿衣服還是要自己喜歡

遇到一個認識的人。

「好久不見。」我打招呼。

「我倒常看到你。」他說，「你穿著拖鞋和短褲，在旺角跑。」

去菜市場買菜，穿西裝打領帶，不是發瘋了嗎？

衣著這問題，最主要的，還是看場合。更要緊的，是舒不舒服。

在夏天，洗完澡後，我最喜歡穿一件印度的絲麻襯衣。這件東西又寬又大，又薄又涼，貼著肌膚摩擦的感覺說不出的愉快。第一次穿過後，我便向自己發誓，在自由自在的環境下，熱天穿的衣服不能超過二兩。

見人、做事時，服裝並非為了排場。整齊，總是一種禮貌，是我遵守的。我的西裝沒有多少套，也不跟流行，料子倒不能太差，要不然穿幾次就不像樣，哪裡能夠一年復一年？襯衫、領帶的顏色常換，就可以給人新鮮的感覺。那幾套東西穿來穿去都不會看厭的。

對流行不在意的時候，大減價的衣服只要質地好，不妨購買，價錢絕對比時髦者便宜。

對跟不跟得上潮流不在乎的時候，買東西便能更客觀、更有選擇。

貴一點的領帶是因為料子好，而且不是大量生產。便宜的打幾次就變成鹹菜油炸粿，到頭來還是不合算的。那麼多花樣的領帶怎麼去挑選呢？答案很簡單，一見鍾情的就是最理想的。走進領帶商店，第一眼就把你打昏的領帶千萬不要放過。如果一大堆中挑不到一條喜歡的，那麼還是省下吧。

總之，不管穿西裝也好，穿牛仔褲也好，穿自己要穿的，不是穿別人要你穿的。這是人生最低的自由要求。

以一條領帶，看男人的品味

西裝中的領帶，和袖口的三粒紐扣一樣，一點用處也沒有。

領帶不可以當餐巾擦嘴，綁住頸項，唯一實際的用途，是給八婆們拖著走罷了。

選擇、購買、配色的過程，倒是樂趣無窮的。

西裝已被全世界接受為男士的基本服裝，領帶是必需品，買了一套西裝，選一條領帶的觀念，已經落伍。看中了領帶，再襯西裝才對。

走進領帶商店，數百條數千條，看得眼花繚亂，但是應該挑選的，是第一次進入你眼中的那一條，要令你慢慢地考慮，還是不買為佳，購入後也不會喜歡的。

穿淨色的西裝，適合配一條彩色繽紛的領帶；反之，有條紋的外套，就襯單調的領帶，這是第一原則。

什麼領帶才是最好的領帶？

首先，一製數千條，同樣花款的領帶，絕對要避免；第二，質地不能太差。

上等領帶並不一定是名牌貨，但是與其買條便宜的，不如投資在貴一點的。高價領帶多數用人工挑線，綁了又綁，一掛起來還是筆挺，和新的一樣，一用十多年。

便宜領帶結了一次，皺紋遲遲不退，用過數次，已經像條隔夜油炸粿，到後來，丟掉的領帶加起來的錢，比一條好領帶還貴。

名牌領帶有它的好處，Mila Schön 品質最高，尤其是它的雙面領帶，用上一生一世，永不舊廢。旅行的時候，帶上三條，便可以當六條來用，但是價錢也要雙倍之多。可能是太過耐用，近來已經不常見，同廠出品領帶，特色是它的邊，不管多花裡胡哨，邊總是淨色，這個構思由雙面領帶創造，雙面領帶因不能折疊，所以只有用暗線內縫，有條隱藏著的邊。有邊的 Mila Schön 領帶，價錢比一般的貴，但質地水準降落，已不堪結了。

登喜路的西裝值得穿，可是它出產的領帶設計保守不算，料子用得太厚，不是上品。浪凡的也有同樣毛病，花樣倒是活潑了許多。其他名牌如香奈兒、聖羅蘭、蓮娜・麗姿（Nina Ricci）、思琳（Celine）等，偶有佳作，平均起來，皆水準不高。

最鮮豔、最醒目的是 Leonard 領帶，它有一系列的花卉設計，帶點東方色彩，給人留下一個深刻的印象，價錢不菲，但是這種領帶只能結一次，第二回就有似曾相識的感覺，料子多好，也沒有用了。

也有人喜歡結領花而不愛打領帶，但是領花總給人一種輕浮、好大喜功的感覺。有位出版界的朋友就一直打領花，而且是用領夾的那種，看著極不舒服。

領花只適合在穿「踢死兔」（tuxedo 的音譯，指燕尾服）晚禮服時打，但是不宜太小，領花一小，人就顯得小裡小氣。

領帶針曾經流行過一陣子，現在已經少有用這種小裝飾，偶爾用之還是新鮮，但是橫橫地來一條金屬領帶夾，就俗氣得很，高貴的有種珍珠針，扣在後面，領帶前兩顆簡簡單單的珍珠，蠻好看的。

和西裝的領子一樣，領帶的大小最好不要跟流行，闊刀一般的領子和領帶，一下子就消失，細得像條繩子的也只在六〇年代中出現過一陣子。適中的領帶，永遠存在下去，只要有西裝的一天。

男人的品味，從一條領帶便能看出，當然這不是價錢問題，非名牌的領帶，質地好的也很多。基本上，不要太過和西裝撞色就是了，沒什麼大道理，但連這種小節也不注意，穿牛仔褲去好了，別裝蒜。

要預防結大青大綠領帶的男人，這種人俗氣不算，還很陰險。

買領帶也不全是男人的專利，女人買領帶送男人，也是種學問。通常看男友喜歡穿什麼顏色的西裝，就買條顏色相近的送給他好了，要是他喜歡妳，皺得像條鹹魚也照打，不然Mila Schön 看起來也討厭。

最高境界是當年上海的舞女，她們會叫火山孝子為她們做旗袍，冤大頭以為旗袍算得了幾個錢？一口答應。哪知一看帳單，即刻暈掉，原來她們做的旗袍雖然只是普通的黑色綢緞，不過一做就是同樣三件的早、中、晚穿，繡的是一朵玫瑰，早上花蕊含苞，中午略露花朵，到了晚上的那件，鮮花怒放。

男人正要抗議之前，舞女說還有件小禮物送給你，打開小包裹一看，原來是三條同樣黑色綢緞的領帶，繡著早、中、晚三款相同的玫瑰的花朵，用來陪著她上街結的。火山孝子服服帖帖地把錢照付，完全地投降。

挑選領帶還帶有一個定律，那就是夏天要輕薄活潑的，冬天不妨厚一點，沉著一點，棉質和毛織的都能派上用場。一反此定律，不但不美觀，還熱個半死。

厚料子的領帶，不宜打繁複的「溫莎結」，它要三穿一縛才能打成，一打溫莎結，結部便像個小籠包，只能打簡便的「美國結」，話說回來，溫莎結打起來是個真正的三角形，實在好看，但是現在的人，已經沒有多少人會打。

當然，穿慣牛仔褲的，連美國結也不

會打的也不少，只有求助於旁人。也有人只會替別人打領帶，自己不會打。這種人，多數在殯儀館工作。

看這些領袖人物的衣著玄機

不管你喜不喜歡狂人格達費（Muammar Gaddafi），但是他的衣服是精心設計的。他的服裝除了襯衫和褲子，必定加一件披肩和一頂帽子。每次上鏡之前，有一些花架鏡頭，可以看到他左整理右整理，髮型看起來零亂蓬鬆，也是設計過的，務求做到最佳姿勢不可。

最後的一次，可能是越來神精越錯亂，竟然穿了一身金色的，俗不可耐。唉，多換幾件吧，日子不多了。

和格達費一比，他的兒子就不會穿衣服了，都是已經貪汙了幾千億美金的家族成員，在衣服上的品味就不及老子。

比他更狂、更邪惡的希特勒（Adolf Hitler），從他的紀錄片中可以看到他的服裝永遠是整齊的，也虧得那副身材，並不臃腫，不然就沒那麼帥氣了。

納粹軍服也是由他發起的，雖然犯下滔天大罪，但不得不說是軍服有史以來最有威信的，後來很多國家模仿，就不三不四了。

已經下臺的巴基斯坦軍人領袖，當今名字也記不起的那位仁兄，對襯色最有研究。有次他設計了一套像中山裝一樣的外套，是綠顏色，裡面露出綠色領子，又叫電視臺的燈光師把背景也打成淺綠色，才肯上鏡。

見那一群非洲各國的獨裁者，都穿筆挺的西裝，那麼炎熱的天氣，還是要忍。西裝料子發亮，是帶著些真絲織成，春夏秋冬皆可著，至少要一萬美金一套。

一看就知道貴料子的話，還算是低招，最高超的是悶騷。你看已經下臺的埃及總統穆巴拉克（Hosni Mubarak），他的細紋白色間條西裝，原來藏著乾坤。那白色紋中繡著自己的名字，這種西裝料子，訂做起來至少二萬五千美金一套。

最不花錢在服裝上的是印度的甘地（Mahatma Gandhi），白布一條，圍上就是。這種節儉的精神當然值得推崇，但有時他把看醫生的錢也省了，喝自己的尿為藥，那就不太敢領教了。

最好的恤衫，是乾淨和挺直的

襯衫，又叫恤衫，樣子很端莊；領子、袖口、中間整齊的一排紐扣，最滑稽的是在不穿褲子的時候看上去，前面兩片翼，後面圓圓的一大塊廢布，樣子古怪得很。

當然也不能全說是沒有作用，它是做來防止恤衫由褲子裡拉出來。可是老人家不懂這個道理，所以看粵語殘片的時候，就有母親用剪刀剪下來當手帕的場面出現，現在想起來真好笑。

六〇年代的民生窮困時期，恤衫料子真差，領子和袖口永遠皺皺的，怎麼燙也燙不直。當年要是擁有一件「雅路（Arrow）恤」，已經當寶了。

不過外來貨的恤衫不是領子太大就是袖口太長，要買到一件合身的可真不容易，胖子、矮子更不必夢想。

大家唯有訂做恤衫了。那時候手工便宜，訂做就訂做，沒什麼了不起。現在呀，連工帶料，做一件不上千不算上等貨，訂製恤衫，已是種奢侈了。

目前現買的又便宜又好，一件七八十塊港幣的可穿兩三年不壞，同樣的恤衫，在口袋邊繡上個名牌的假貨，就要賣一百二十港幣。

一百二十港幣的也不一定是假，同樣料子，同樣手工，外國名牌在香港大量生產，拿到外國去，就要賣一千多塊港幣，貴個十倍。

名牌的追求由上述的「雅路恤」開始，進步一點就是「美好挺（Manhattan）」了。

但是時裝方面美國人總打不過歐洲。生活水準一提高，人們都爭買皮爾．卡登（Pierre Cardin）。

這個廠本來蠻吃得開，後來什麼東西都出，連香檳也安上這個名牌。貨品大受歡迎之後，開始在大陸大量生產，便不值錢了。

目前所有名牌都出恤衫，但並不是每家名牌的貴恤衫都好穿，像登喜路，他們的西裝雖然做得很好，恤衫就一塌糊塗，領子袖口洗後變型，又回到皺皺的時代，剛剛學穿的那一件的樣子。

自古以來，恤衫的變化並不大，最多是領子，長的、短的、紐扣的。

有一陣子，為了防止領子皺，還在領尖裡面插了兩支塑膠簽，相信還有些讀者記得。

考究的時候，領尖各有一個小洞，可用一管金屬的領口針穿起來，但是這種設計現代人嫌麻煩，已經被淘汰。

配「踢死兔」的恤衫最為奄尖（挑剔），領子是尖尖地翹著。

「到底領花是應該結在領尖的前面，或是後面呢？」這是一個大家都在討論的問題。

八卦週刊常刊登什麼舞會中的什麼所謂的公子穿著「踢死兔」，有的把領花將領尖壓得扁扁的結在前面，有的把領尖弄成兩個三角形遮住領花，誰對誰錯？

都錯。

領花應該獨立地結著，而領尖應該略略彎彎地翹在領花的前面。這個彎，大有學問，彎得不好，便是一片三角貼在頸項上，所以要完美地弄一個角度，須用一塊薄如刀片的小熨斗，烘熱了以後，慢慢地把領子燙成一個理想的角度，才合標準。

紐扣當然不能用普通的，金屬和鑽石的紐扣太過俗氣，金屬底、黑石面的較佳，有套古董登喜路的紐扣，袖紐是兩個袖珍的錶，還算過得去。

恤衫的料子也占重要位置。

最普通是棉製的，本來不錯，但不及絲那麼輕柔地撫摸著你的肌膚。

絲製恤衫很貴，也很難燙得直，混合絲比較容易處理，但已廉價得多。

最高境界是穿麻。中國人以為戴孝才著麻，西方人比較會欣賞。沒有一種料子比麻的感覺更好、更舒服，一旦學會穿麻的恤衫，就上癮，其他料子都不肯穿了。

麻易皺，可買同樣大小顏色兩件，上午和下午換來穿，才算得上考究。

至於「的確涼」（滌綸），唉，別提了，一流汗便像膏藥一樣地貼住身體。混合了腋下狐臭，哎呀呀，我的媽，三英尺之內，熏昏死人。

話說回來，什麼恤衫都好，二三十塊港幣一件，穿在有自信的人的身上，和三四千港幣一件的沒有什麼不同。

天下最好的恤衫，是一件乾淨和挺直的恤衫。有顏色的恤衫要和西裝及領帶襯色才行，不然乾脆穿白恤衫。白恤衫最大的敵人是女人的口紅。請別嘗試用牙刷塗牙膏去刷，絕對無效。

唯一辦法是挨到天亮鋪子開後買一件新的同牌貨更換，恤衫領子上的口紅，是永遠、永遠洗不掉的。

也許可以將恐懼化為生財之道，設計一件印有女人口紅的恤衫，賺個滿缽，一樂也。

穿衣服，要穿得快活逍遙

小時候穿開襠褲，隨時就地解決，快活逍遙。唯一缺點是給蚊子叮，還有鵝子、鴨子看見了也不放過，追上來當蟲啄，簡直是惡夢。

到幼兒園便得穿短褲了。母親還是不肯給你做條底褲，蹲下來由褲襠露出一小截，不太文雅，但是又何必在乎？

第一次穿底褲便以為自己已經是大人，驕傲得很。最初的底褲是件「孖煙囪」（四角褲，或稱平口褲），穿了起來，小弟弟不知道應該放在左邊或右邊，迷惑了好一陣子。

開始有緊束的冒牌「騎師（Jockey）」三角褲時，已知道夢遺是怎麼一回事兒，朋友叫它「畫地圖」。小夥子精力充沛，畫起來是五大洲，但覺難為情，半夜起身，把弄濕的底褲擲在床底下，繼續糊裡糊塗睡去。

第二天醒來，記起窘事，想偷偷地拿去洗。一看，哎呀呀！惹了一群螞蟻。大膽狂徒，竟然前來吃我子孫，立刻捕殺。

念到初中，學校裡的制服難看死了，翹課到戲院之前，先進洗手間換條新款長褲，看電影時更當自己是男主角，不可一世。

當年穿的是模仿貓王艾維斯．普里斯萊（Elvis Presley）的窄筒褲，買的都不合身，多數嫌太寬，只有求助裁縫師傅，指定要包著大腿，一英寸也不多不少，穿了上來也不怎麼像貓王，至少褲襠中那團東西沒人家那麼大。

料子是原子絲「的確涼」，拍起照片來亮晶反射，下半身像外星人。

原先在褲襠外有四顆紐扣，後來改為拉鍊，剛穿時不習慣，小解後大力一拉，夾住了幾根毛，或者頂尖上的一小塊皮，痛得涕淚直流，大喊媽媽。

跟著講究疊紋。老古董褲子一共有四條折，疊紋是向內折的。新款一點的向外折，而且已經改為兩條疊紋。最流行的還是學美軍制服的，一條疊紋都不用。右邊的褲耳下有個小袋子，已經不是用來裝懷錶，學會交女朋友之後，袋中可裝另外一個橡皮袋，真是實用。

皮帶漸漸消失，用的人很少，但褲子照樣有五個褲耳，不穿皮帶時露在外面一點用處也沒有。褲扣多出一條長布條，穿皮帶時蓋住，也一點用處也沒有。

褲腳是折上的，經常有砂石掉到裡面去，有時不見一個五毛硬幣，也偶然在折疊處找得回來。人們嫌麻煩，裁縫師大刀一剪，褲腳平了。以為追得上時代，哪知古董時裝雜誌上早就有平腳褲出現過。

喇叭褲是二十世紀七〇年代的寵兒，褲腳越來越闊。但是名牌貨給某些人糟蹋掉，穿上之後覺得太長，喇叭褲的褲腳被剪，變成不喇叭。

褲腳變本加厲地闊，闊到遮蓋住鞋子，配合上四英寸的高跟鞋，矮子們有福了，可惜這款褲子只流行一兩年，又被打回原形。

最不跟時代改變的只有牛仔褲。大家都穿牛仔褲，穿到現在還是樂此不疲。但牛仔褲不是人人穿得，要有一點屁股才行，梁家輝穿起來好看，其他平屁股的男人穿了就不像樣。

牛仔褲最好搭配皮靴，像詹姆斯·狄恩穿的那種，帥得不得了，試想穿上普通皮鞋或是運動鞋，蹺起腳來露出一截白襪子，是多麼煞風景的事。

你一條我一條的牛仔褲，大家一樣，就成為了制服。人們求變，在牛仔褲上繡起花來，又釘上亮晶晶的鐵片，或者貼上一塊黃顏色的圓皮，畫著一個笑嘻嘻的漫畫。有些人更把褲腳撖成線，走起路有兩團東西在跳草裙舞。

這一個時期，香港人錢賺得最多。全球百分之六十的牛仔褲都是Made in Hong Kong（香港製造）。

法國人、義大利人看得眼紅。生意都被你們這班細眼睛的黃種人搶光，那還得了！他們絞盡腦汁，結果給他們想通了，利用「雅皮士」（Yuppie的音譯，又稱「雅痞」）愛名牌的心理，他們生產了皮爾·卡登牛仔褲、香奈兒牛仔褲、迪奧牛仔褲。

香港怎麼辦？也沒什麼大不了，名牌貨還不是照樣在香港大量生產？而且香港人照樣做名牌，賺個滿缽。

時裝的變遷永遠是循環，可笑的。

有一陣子又流行回四條向內折疊的褲子了，正當群眾花大筆錢去買名牌時，你大可以到國貨公司去找舊貨，包管老土創時髦，而且價錢只有十分之一。

二十世紀末，時裝已越來越大膽了。你沒看到報紙和雜誌上經常刊登露出兩顆乳房的設計嗎？

女人暴露過後，男人跟著暴露，也許有這麼一天，男人流行回穿開襠褲。這也好，女人一目了然地審定對方的條件，不必大花時間。

在這一天還沒有到達之前，男士褲子一定會流行拿破崙式的窄褲子。大家都像舞臺上的芭蕾舞舞者。

這時候，女性墊肩的潮流剛剛完畢，大家都把那兩塊樹膠墊肩丟在地上，男人偷偷地把它們撿起來，塞在大腿之間，要不然，誰敢上街？

習慣，不容易拋棄

習慣，在人生裡頭，像個老伴，不容易拋棄。我穿了「騎師」牌的底褲數十載，黑色，純棉製。忽然，有一天，發現到處找，再也找不到，恐慌起來。

歐美的百貨公司不見，日本的也不賣了，回到香港，去老鋪「永安」吧，很有可能發現些存貨，但是白色的還有幾條，黑的免問。

「騎師」已經是一間衰老的廠，從前發行到世界各地，當今被所謂的名牌擠掉，CK占的位置最大，歐洲各服裝店也生產，最好笑的是格子牌，連底褲也不放過，打上格子。

找不到慣用的，唯有試別的牌子，我見到就買入，每一種買一條，但是都沒有「騎師」牌的舒服。

有一天讓我在澳洲的商店中見到，大喜，即買了三打，回來一穿，雖然是黑色，但設計已改，前面加了個像袋鼠的包包，每次上洗手間都要把命根子掏出來，用完再塞回去，很不方便，又太狹窄，弄得全身不自在。其他三十五條，送人也沒人要，白白浪費。

為什麼不在電腦中查「騎師」的網站？忽然頭上亮了一個燈，就請友人找去，款式和顏色都對，而且有現貨，好極了！

「騎師」的回覆是：敝廠不為外國客人服務，只能寄到美國本土。好，本土就本土，想起老同學劉奇俊的兒子住在紐約，以彬這個孩子從小愛看我的書，老叔伯麻煩他，不算過分。電郵中，以彬小侄說已經寄出。等了好久，原來香港地址寫錯，又寄回紐約，現在他再次寄，不知什麼時候才能到手。

萬一收不到，我還有最後一招。這次在大阪的 Tokyu Hands[4] 已經找到一瓶黑色染料，隨時可以買些白的，下點功夫，就能尋回老伴。

4 日本連鎖居家生活百貨，二〇二二年更名為「Hands」。

第三章

吃喝玩樂，才最有學術性

一個人來到這個世界，
要愛最可愛的，
最好聽的，
最好看的，
最好吃的，
有趣地活著。

大吃大喝也是對生命尊重

作家亦舒在專欄感嘆：「莫再等待明年。明年外型、心情、環境可能都不一樣，不如今年。那麼還有今天，不為什麼，叫幾個人大吃大喝、吹牛搞笑，今天非常重要。」

舉手舉腳地贊成。

旁觀者不拍手，反而罵道：「大吃大喝？年輕人有什麼條件大吃大喝？你根本就不知道錢難賺，怎麼可以亂花？」

花完了才做打算，才是年輕呀。罵我的這個人，沒年輕過。

年輕時挨苦，是必經的路程。要是他們的父母給錢，得到的歡樂是不一樣的，我見過很多青年，都不肯靠家裡。

我想，能出人頭地的，都要在年輕時有苦行僧的經歷，這樣所得到的，才能珍惜。對於人生，才更能享受。

所謂的享受，並非榮華富貴，有些人能把兒女撫養長大，已是成績，有些人種花養魚，已是代價。

今天過得比昨天快樂，才是亦舒所講的「重要」。這種快樂並非不勞而獲，這是原則。

當然有些人認為年紀一大把，做人沒有什麼成就，但這只是一種想法，是和別人比較的結果。就算比較，比不足，什麼問題都能解決。

大吃大喝不必花太多的錢，年輕時大家分攤也不難為情。或許今天我身上沒有，由你先付，明日我來請。路邊檔（路邊攤）熟食中心的食物，不遜於大酒店的餐廳，大家付得起。

亦舒有時也罵我，一點儲蓄也沒有，把錢請客花光為止。這我也接受，只想告訴她我並不窮，也有儲蓄，是精神上的儲蓄。我的儲蓄，老來腦中有大量回憶可供揮霍。

活著，大吃大喝也是對生命的一種尊重，可以吃得不奢侈。銀行帳戶中多一個零和少一個零，根本上和幾個人大吃大喝無關。

吃，也是一種學問

有個聚會要我去演講，指定要一篇講義，主題說吃。我一向沒有稿就上臺，正感麻煩。後來想想，也好，寫一篇，今後再有人邀請就把稿交上，由旁人去念。

女士們、先生們，吃是一種很個人化的行為。什麼東西最好吃？媽媽的菜最好吃。這是肯定的。你從小吃過什麼，這個印象就深深地烙在你腦裡，永遠是最好的，也永遠是找不回來的。

老家前面有棵樹，好大。長大了再回去看，也不是那麼高大嘛，道理是一樣的。當然，目前的食物已是人工培養，也有關係。怎麼難吃也好，東方人去外國旅行，西餐一個禮拜吃下來，也想去一間蹩腳的中菜餐廳吃碗白飯。洋人來到我們這裡，每天鮑參翅肚，最後還是發現他們躲在速食店啃麵包。

有時，我們吃的不是食物，是一種習慣，也是一種鄉愁。一個人懂不懂得吃，也是天生的。遺傳基因決定了他們對吃沒有什麼興趣的話，那麼一切只是養活他們的飼料。我見過一對夫婦，每天以即食麵（泡麵）維生。

喜歡吃東西的人，基本上都有一種好奇心。什麼都想試試看，慢慢地就變成一個懂得欣賞食物的人。對食物的喜惡大家都不一樣，但是不想吃的東西你試過了沒有？好吃，不好吃？試過了之後才有資格判斷。沒吃過你怎麼知道不好吃？

吃，也是一種學問。這句話太辣，說了，很抽象。愛看書的人，除了《三國》、《水滸》和《紅樓夢》，也會接觸希臘的神話、拜倫的詩、莎士比亞的戲劇。

我們喜歡吃東西的人，當然也須嘗遍亞洲、歐洲和非洲的佳餚。吃的文化，是交朋友最好的武器。你和寧波人談起蟹糊、黃泥螺、臭冬瓜，他們大為興奮。你和海外的香港人講到雲吞麵，他們一定知道哪一檔最好吃。你和台灣人的話題，也離不開蚵仔麵線、滷肉飯和貢丸。一提起火腿，西班牙人雙手握指，放在嘴邊深吻一下，大聲叫出：mmmmm。

順德人最愛談吃了。你和他們一聊，不管天南地北，都扯到食物上面，說什麼他們媽媽做的魚皮餃天下最好。政府派了一個幹部到順德去，順德人和他講吃，他一提政治，順德人又說魚皮餃，最後幹部也變成了老饕。

全世界的東西都給你嘗遍了，哪一種最好吃？笑話。怎麼嘗得遍？看地圖，那麼多的小鎮，再做三輩子的人也沒辦法走完。有些菜名，聽都沒聽過。對於這種問題，我多數回答：「和女朋友吃的東西最好吃。」

的確，伴侶很重要，心情也影響一切，身體狀況更能決定眼前的美食吞不吞得下去。和女朋友吃的最好，絕對不是敷衍。

談到吃，離不開喝。喝，同樣是很個人化的。北方人所好的白酒、二鍋頭、五糧液之類，那股味道，喝了藏在身體中久久不散。他們說什麼白蘭地、威士忌都比不上，我就最怕了。洋人愛的餐酒我只懂得一點皮毛，反正好與壞，憑自己的感覺，絕對別去扮專家。一扮，遲早露出馬腳。

應該是紹興酒最好喝，剛剛從紹興回來，在街邊喝到一瓶八塊的「太雕」，遠好過什麼「八年」、「十年」、「三十年」。但是最好的還是香港「天香樓」的。好在哪裡？好在他們懂得把老的酒和新的酒調配，這種技術內地還學不到，儘管老的紹興酒他們多得是。我幫過法國最著名的紅酒廠廠主去試天香樓的紹興，他們喝完驚嘆東方也有那麼醇的酒，這都是他們從前沒喝過之故。

老店能生存下去，一定有它們的道理，西方的一些食材鋪子，如果經過了非進去買些東西不可。像米蘭的 IL Salumaio 香腸和橄欖油、巴黎的馥頌（Fauchon）麵包和鵝肝醬、倫敦的福南梅森（Fortnum & Mason）果醬和紅茶、布魯塞爾歌帝梵（Godiva）的朱古力（巧克力）等。魚子醬還是伊朗的比俄國的好，因為從抓到一條鱘魚，要在二十分鐘之內打開肚子取出魚子。上鹽，太多了過鹹，少了會壞，這種技術，也只剩下伊朗的幾位老匠人會做。

但也不一定是最貴的食物最好吃，豆芽炒豆卜，還是很高的境界。義大利人也許說是一塊薄餅。我在拿坡里也試過，上面什麼材料也沒有，只是一點番茄醬和芝士（起司），真是好吃得要命。有些東西，還是從最難吃中變為最好吃的，像日本的所謂什麼中華料理的韭菜炒豬肝，當年認為是咽不下去的東西，當今回到東京，常去找來吃。

我喜歡吃，但嘴絕不刁。如果走多幾步可以找到更好的，我當然肯花這些功夫。如果附近有家藐視客人胃口的速食店，那麼我寧願這一頓不吃，也餓不死我。

你真會吃東西！友人說。

不。我不懂得吃，我只會比較。有些餐廳老闆逼我讚美他們的食物，我只能說：「我吃過更好的。」但是，我所謂「更好」，真正的老饕看在眼裡，笑我旁若無人也。謝謝大家。

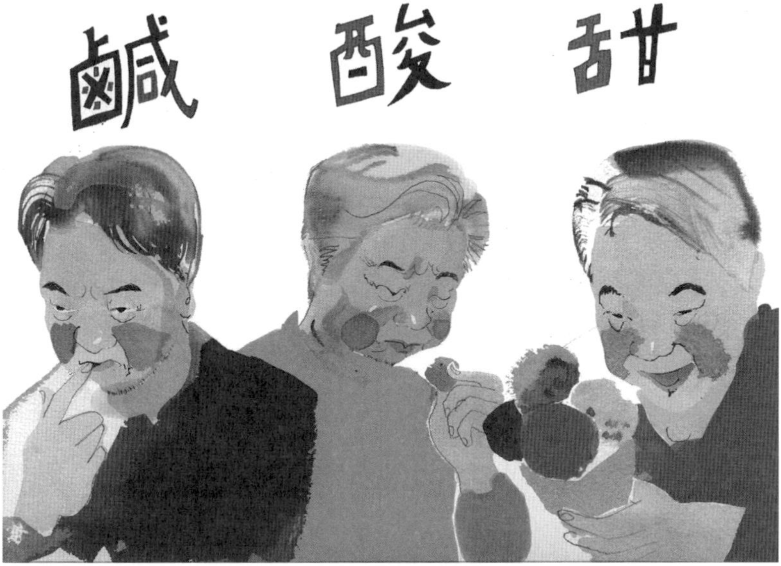

香菸的優雅和高貴

抽香菸，已變成一種罪惡。

一切抽菸的行為都要被趕盡殺絕，天下政府將定重罪來懲罰吸菸者，但是沒有一個國家全面禁止。拿破崙早已說過類似的話：「這種罪惡帶來十億法郎的稅收，你能找一種功德代替它，我即刻禁菸。」

電視上再也看不到香菸的廣告，但許多大型的活動還是由菸商贊助，萬寶路化身為衣服來告訴人家它的存在。要讓香菸完全銷聲匿跡，我想永遠做不到。

好萊塢自律，雖沒明文規定，但也不再讓男女主角抽菸了，只有反派才能吞雲吐霧。再見了，亨弗萊・鮑嘉。永別了，詹姆士・龐德（James Bond）。

香菸的優雅和高貴的印象，被雪茄代替，美國人最崇拜的領袖約翰・F・甘迺迪（John F. Kennedy）是抽雪茄的。當今的巨星如勞勃・狄尼洛（Robert De Niro）、阿諾・史瓦辛格（Arnold Schwarzenegger）照抽不誤。雪茄也變成婦權運動的武器，禁菸是她們搞出來的，抽雪茄也由她們卷起旋風。瑪丹娜（Madonna）在大衛・賴特曼（David Letterman）的深夜節目中大抽雪茄，男男女女沒有人攻擊她。

我們這群老不死的寫作人還是不肯放棄香菸，它的確能帶來寧靜和靈感。談香菸和大眾對立太過枯燥，還是提一提蜜雪兒・菲佛（Michelle Pfeiffer）的名言吧：「我絕對不反對吸菸，因為坐下來吃飯時，一桌人的言論最有趣的，還是那個吸菸的傢伙。」

作家馬克・吐溫（Mark Twain）曾經說過：「戒菸是我認為最容易做到的事：我應該知道，因為我已經戒過一千次了。」

作家弗洛倫斯・金（Florence King）老了之後說：「對於性，現在我唯一懷念的是事後那根菸。」

我們這輩子人最頑固，你越禁我們越想抽，雖然二手菸害不害人還沒證實，但沒得對方同意我們不會抽。我們享受的是自主權，不管那是對我們好的，還是壞的。

男人抽起雪茄，是天下最好看的

男人抽起雪茄，是天下最好看的。對懂得欣賞的旁觀者來說，簡直是種視覺的享受。而且燃燒中的雪茄，比任何男性化妝品都要醇厚和香郁。能夠與雪茄匹敵的，只剩下陳年佳釀的白蘭地。

對抽雪茄，本人，除了味覺，是充滿自信的成就感。你如果擔心菸味會弄臭友人的客廳，或自己家中臥室，那你已經沒有資格抽雪茄了。試想，誰會怪溫斯頓．邱吉爾（Winston Churchill）呢？

抽雪茄的第一個條件是擁有控制時間和局面的自由。拚命吸啜，怕雪茄熄滅，已犯大忌。緊張地彈掉菸灰，更顯得小家氣。應該讓菸灰燒成長條，看看它是否均勻，即能觀察這根雪茄是不是名廠的精心炮製。像水果一樣，菸灰熟透了便會在適當的時候掉入菸灰缸中。最基本的，還是把每一口菸留在口中慢慢玩賞，多貴的雪茄也有不吸啜的過程，看著裊裊的長煙，浪費雪茄，也浪費時光，天塌下來當被蓋，便自然地培養了抽雪茄的氣質。

錯誤的觀念是：會抽雪茄的人，雪茄一定不會熄滅。所以像抽香菸一樣地深吸，趕著見閻王地把整根雪茄抽完，口水弄得雪茄像泡漬黃瓜，喉嚨似被濟眾水浸過，臉上發青，咳得頭腦爆裂，真是可憐。

雪茄熄了就讓它熄了嘛，有什麼規矩說不能熄滅的？熄後重燃，會增加尼古丁的傳說也是騙人的，沒有科學根據。熄滅後的雪茄，輕輕地拍掉多餘的菸灰，再用長條火柴轉動燃燒，這樣的話，不用一面點一面吸，雪茄也會重新點著，只要不是隔夜，味道不減退。

邱吉爾曾經取笑他一個兒女成群的手下說：雪茄味道固好，但也不能老插在嘴裡。

邱吉爾抽的是什麼雪茄呢？當然是夏灣拿雪茄了。至於是哪一種牌子，當年名廠紛紛送他，大家都說是他們的那一種，但是可靠的還是「羅密歐與茱麗葉」（Romeo y Julieta）吧。他們的七英寸雪茄就叫作「邱吉爾」。後來其他名廠也跟著把這個尺寸「邱吉爾」前「邱吉爾」後地叫開，當成長雪茄的代名詞。中年發福後抽「邱吉爾」才像樣，清瘦的年輕人就招搖過市了。女人抽細長的雪茄也很好看，要是她們老含著「邱吉爾」，就有點不好的印象。

一根「羅密歐與茱麗葉」的「邱吉爾」，點點抽抽。熄後再燃，可吸上兩個鐘點以上，只賣九十五塊港幣，不能說是過分的奢侈。

雪茄包裝，通常是二十五支一盒。貴雪茄之中，有以小說《基督山恩仇記》的書名為靈感的「蒙特」（Montecristo），一盒要賣到六千大洋，每支兩百四十元。高希霸（Cohiba）出的「導師」（Espléndidos）四千九百五十元一盒。又老又忠實的「羅密歐和茱麗葉」則是二千三百七十五元一盒。

但是便宜的菲律賓雪茄也不少。荷蘭做的亦不貴，雖說豐儉由人，但是要是達到抽雪茄的境界，則非古巴的夏灣拿莫屬。

談到菲律賓雪茄，有種兩根交叉卷在一起的，起初不懂其奧妙，後來看到趕馬車的車夫，一手握韁，一手抓鞭，偶爾把鞭子放下，抽抽掛在面前繩子上的彎曲雪茄，才明白它的道理。

美國電影抽雪茄的場面中，大亨選了一根，靠在耳邊捏捏後轉動聽聽，然後點著來抽。這根本就是在演戲，這麼做只能破壞雪茄的組織罷了，所以千萬別在人家面前做這種醜態當鄉巴佬。

至於保留雪茄的招牌紙環是不是過於炫耀呢？則不然。撕去也不會加強菸味。它是攏著雪茄組織的一分子，要撕掉也要等將雪茄抽剩三分之一。對付很難撕得開的雪茄招牌紙線，只要用手指點一點白蘭地，浸濕紙環漿糊的部分，即能順利剝脫。最佳玩法是小心地脫下來，套在女伴的無名指，跟她說：「要是沒有相見恨晚這回事……」女人當然知道你在吃豆腐。但她們絕對不會在心裡說：「哼，你用這麼低賤的東西來騙我！」

到高級西餐廳去，飯後侍者總會奉上一盒雪茄，讓你挑選。別以為名牌就是最適合自己的胃口，先看看卷葉的顏色：分淺棕色（claro）、深棕色（colorado）、純棕色（colorado claro）和黑色（maduro）。棕色較辣，黑色較甜。其他顏色屬於甜和辣之中間。

挑選之後你有權利輕輕地按按菸身，看看是不是像少女的膚肌一樣地結實而充滿彈性。若似老太婆一般地僵硬，儘管退貨。

有人喜歡隨手把雪茄放入白蘭地中浸它一浸再抽，這一下又露出馬腳，只會破壞好雪茄的味道，對它是十分不尊敬的。

一般上，雪茄像白蘭地，越舊越醇，經過五年到七年發酵過程的雪茄最好抽。在市面上的，是在原廠中藏了兩年之後才拿出來賣，已很過得去了。要是你堅持要收藏到五年後才抽，那得用一個保持一定溫度和濕度的貯藏箱盛之，數萬到數十萬一個不出奇，不過到了這個階段，你已經不是雪茄的主人，而是它的奴隸。照照鏡子，也像一個。當然，做雪茄的奴隸，做得過的。

每個喜飲者都有一個夢

喝酒的人，自然愛上酒杯。

自古以來，由青銅至琉璃杯子，多不勝數。「金甌」是黃金的酒器，「玉樽」是玉製的杯子，「銀瓶」為白銀製造。還有只聞其名，不見其物的「夜光杯」呢？夜裡能自然發光的，大概只有一個「波爾錶」吧？

最雅致的應該是「荷葉杯」，摘下剛剛露出水面攏卷的新鮮荷葉，用玉簪從葉心到荷莖中扎一個孔，然後把酒注入，從莖底吸飲，風流之至。

不過一般酒徒注重的只是量，酒杯越大越好。名稱各異，有觶、觚、觥、爵、角、白等，哪一個是最大的呢？怎麼大都不夠，真正的酒徒，杯子是不能滿足的，要從盛酒器的壺、卣、斝、卮、罍、缶、瓿捧上來喝，才是最高境界。

最大的酒器應該是「甕」，元代宮廷裡有個黑玉酒甕，直徑四尺五寸、圓周一丈五尺、高二丈，能盛酒三十多石。

一石當今算來是多少？沒有準確地量過，古時候的計量單位很抽象，春秋戰國時代已有升、豆、區、釜、鐘五種，一般以四升為一豆、四豆為一區、四區為一釜、十釜為一鐘。

以此算來，千鐘合六十四萬升，等於一百二十八立方公尺，而一立方公尺的水重量是一噸，古人說堯舜能喝千鐘，那就是說他們能喝一百二十八噸酒了。

劉伶說他一飲一斛，一斛等於十斗。孔子也能喝百觚。就算他的學生子路酒量不好，也喝十斛，比劉伶厲害。原來教我們做人的孔子也是酒徒，為什麼還有人反對喝酒？

酒量大的人不少，誰最厲害？至今還未作一勝負，有的一下子鯨飲，有的一喝數十年，我們只管叫他們為酒仙、酒聖、醉龍、醉樵等，沒有冠軍。至於最過癮的喝法，還是首推唐代的方明，他脫掉衣服跳進酒缸裡，沐浴而出，是每一個飲者的美夢。

喝酒，也是人生樂事

中國的偉大劇作家李漁[5]談喝酒時說：

喝酒之事，有「五貴」。一，貴在能好，酒量大小都不要緊；二，貴在喜談，飲伴多寡不拘；三，貴在可繼，好酒劣酒，都不成問題；四，貴在可行，喝酒後答應的事要做；五，貴在可止，長喝短喝，喝得多喝得少，一旦叫停就能夠再也一滴不喝。

有了這「五貴」，才有資格稱為能欣賞酒的人，方可叫作懂得喝酒之樂。

李漁生平還有「五好」和「五不好」。他不好酒而好客，不好食而好談；又不好長夜之歡，而好與明月相隨而不忍別離；不好苛刻的法律，但是愛看壞人受罰，並且令他欲辯無辭；不好一喝酒就罵座之人，而好酒後肝膽相照的朋友。

有了這「五好」和「五不好」，會不會喝酒，是另一回事，終日可以和好酒之人為伍。

喝酒時最好能聽聽音樂，每聽必至忘歸。好個李漁，不回家也不必怕老婆罵。

他說的我完全同意，聽音樂我不限於聽古典或歌劇，至於到卡拉OK去，聽那些本來長得

5 李漁，明末清初文學家、戲曲家。

漂亮的女人一開腔，完全走音，就大叫不妙，逃之夭夭。

友情還是比喝酒之道重要的，當年倪匡兄酗酒，瘋起來把李漁講的「五貴」完全忘光，但是我們這群老友還是能原諒和寬容他的。

除了李漁講的那些不喜歡的事，我還討厭人家喝完酒後嘔吐得一塌糊塗，那股味道久久不散，實在難聞。

常笑那些說白天不喝、晚上才喝的朋友。白晝宣飲，是人生樂事，不必為工作擔憂，那多逍遙？倪匡兄有次見我老母在中飯時拿出一瓶酒，拒絕不喝。媽媽說現在巴黎已是晚上，照喝不誤。

好酒，收穫的不僅是愉悅

年輕時住日本，跟著大夥喝威士忌，對白蘭地的愛好不深。後來到香港打工，還是堅持喝威士忌，自嘲有一天連白蘭地也喝得慣時，才能在香港長居。

酒癮發作，到雜貨店買。也只有香港這種地方能在街頭巷尾購入上千塊一瓶的佳釀。陳年 X.O. 連巴黎也要到高級店鋪才找到，法國人看到我們這種現象，也嘖嘖稱奇。不過，見不到好的威士忌。漸漸地，我也接受了白蘭地，當香港是一個家了。

記得第一次來香港，那是二十世紀六〇年代的事，當時大家流行喝的是長頸的 F.O.V.，後來才知道有 V.S.O.P. 這種酒。小時候偷媽媽喝的酒，有手揸花（揸為粵語，指「拿取」）、手揸斧頭和三星牌，據老饕說已比後來的 X.O. 好喝得多，但當年不懂得分辨什麼才是好酒，有醉意就得，真是暴殄天物。

白蘭地大行其道時，別說 X.O.，還能在雜貨店裡買到軒尼詩（Hennessy）的 EXTRA，當今雖然有路易十三，但是 EXTRA 也只在拍賣行中出現。

很難向不喝酒的年輕人解釋 EXTRA 的味道如何，只可以形容它不像酒，總之絕對不嗆喉，一口比一口好喝。

中國人喜歡的「白酒」，如果醇起來也不錯。喝過一瓶茅台，那白色的瓷樽已貯藏得發綠，喝起來也不像酒，連乾數杯面不改色。

如果是那種好茅台，相信你也能一杯乾了又一杯。醉意是慢慢來的，如泛舟蕩漾，喝多了也不會頭暈眼花，舒服到極點。

我最後喝的軒尼詩EXTRA，是倪匡兄移民三藩市後我第一次去探望他，從櫃中拿了兩瓶，一個人手揸一瓶，一下子乾個淨光。好酒就是那樣的，再沒有更清楚的說明了吧？

啤酒與優雅無緣

大暑，喝冰涼的啤酒固然是一大樂事。天冷飲之，又是另一番滋味。寒凍下，皮膚欲凝，但內臟火燙，一大杯啤酒灌下，「滋」地一去，其味道美得不能用文字來形容。

啤酒的製造過程相信大家都熟悉：將麥芽浸濕，讓它發霉後晒乾，舂碎加滾水泡之，取其糖液摻酵母釀成酒，最後加蛇麻子所結之毬果以添苦味，發酵過程養出二氧化碳之氣泡。有一天，我一定要自己試試。

世界各國都在釀啤酒，好壞分別在各地的水。水質不好，便永遠做不好啤酒，東南亞一帶，就有這個毛病。美國是一個例外，它的水甘甜，但是永遠釀不了好啤酒，可能跟美國人不擇食的習慣有關。

氣氛最好的是在德國的地窖啤酒廳，數百人一齊狂飲，杯子大得要用雙手才能捧起，高歌《學生王子》中的「飲、飲、飲」。或是靜下來一邊喝一邊唱一曲哀怨的《莉莉瑪蓮》。

英國的古典式酒吧，客人兩肘擱在櫃檯上，一腳踏在鐵欄，高談闊論地喝著「苦啤」，它顏色棕黑，甜、淡，很容易下喉，一連飲十幾大杯子不當一回事。

法國人不大會喝啤酒，他們只愛紅白酒和白蘭地，越南人跟他們學的「333 啤酒」，淡而無味。

酒精最強的應是泰國「星哈」和「亞米力」，成分與日本清酒一樣高。一次和日本人在曼谷，各飲三大瓶，他有點飄然，問說這酒怎麼這麼強，我說你已經喝了一點八升的一巨瓶日本酒了，他一聽，腰似斷成二節，爬不起身來。

韓國人極喜歡喝啤酒，是因為他們民族性剛烈，大飲大食，什麼都要靠量來衡量，最流行的牌子是OB。只有他們把啤酒叫成麥酒，我認為這是一個很恰當的稱呼。

啤酒絕不能像白蘭地那麼慢慢地喝，一定要豪爽地一口乾掉。三兩個好友，剝剝花生，敘敘舊，喝個兩打大瓶的，興高采烈，是多麼寫意！唯一反對的是要多上洗手間。

飲酒是人生一樂，醉後鬧事的人就不是喝酒，而是被酒喝了。

真正酒徒，容許一生放縱幾次

酒？有什麼好喝？

要是你想得到答案，免了罷，不如向女人說明什麼鬍後水最好，反正，她們都聽不懂。不會喝酒的人，請把這一頁掀過，我不會向你彈琴。

什麼？你還在耐心地聽？

那麼，你有希望了，你有了成為一個酒徒的可能性。

什麼酒最好呢？在你眼前的酒最好喝。

如果你是選擇香檳和陳年紅酒，不飲雙蒸和白乾的話，那你是酒的奴隸，不是酒的主人。要是你任何酒都喝，逢喝必醉，那是酒在喝你，不是你在喝酒。再詳細說明：酒徒分兩種，一種是喝酒的，另一種是被酒喝的。

醉，又是什麼？

大吐大嘔，談不上什麼境界。

醉，是語到喃喃時；醉，是飄飄然，乘鶴雲遊；醉，是暢所欲言，又止乎於禮；醉，是無條件地交給對方，又知道對方能夠完全地付出給你。

除此之外，不能稱醉。只是蠢豬一隻。

大吵大鬧、又哭又啼、借酒裝瘋，都是最低的嗎？

那又未必。真正酒徒，容許一生能放縱幾次，上述的情形，在你最悲哀和最歡樂時，絕對是美麗的。問題是重複此種醜態。次數太多，那你不夠資格喝酒，自殺去吧。

那麼，什麼是限度？

很簡單，每一口酒都有滋味為限度。喝到分不出是白蘭地或威士忌，就應該停止。

我的個性是追酒喝，怎麼辦？

沒怎麼辦，不喝罷了。

我喝一口酒便作嘔，但是又很嚮往醉的感覺，我想醉一次，怎麼辦？

答案是：花香令人醉，茶醇令人醉，景色令人醉，美女令人醉，讀書令人醉。請你別用酒為工具，請你別用酒當藉口，請你別用酒做對手。任何情形之下都能大醉。

什麼酒最好喝？

配合菜色的酒最好喝：吃杭州菜喝花雕，吃日本菜喝清酒，吃西餐喝紅白酒。配合情景的酒最好喝：到俄羅斯時喝伏特加，到韓國時喝馬格利（Makgeolli），到希臘時喝烏佐酒（Ouzo）。

混酒容易醉，白蘭地加威士忌，一喝便倒下去，你說是嗎？

胡說八道。喝雞尾酒的人，不見他們都醉死？

酒後靈感大作？

也不盡然，看什麼媒體。寫長篇大論，醉之思路胡亂，戒酒較佳。五言古詩，七言絕句，大醉可也。練書法也可醉，懷素狂草，應該是醉後之作。刻圖章卻不能醉，否則把手指當石塊，皮破血流。

宿醉有沒有藥醫？

沒有。喝水喝茶，蒙頭大睡，是最好的治療。

我想開始學喝酒，如何著手？

先喝啤酒吧。如果你連啤酒都感覺不好喝，即刻停止。沒有必要勉強自己。要是任何酒你也認為是香的，那麼你已經有了天分，自然會喝。

喝酒到底會不會傷身？

任何官能上的享受，都從小小的傷身開始。過量總是不好的，猛吞白飯，也能傷身。

我想戒酒。

戒一樣東西，只有意念。戒酒中心幫助不了你。我們身體中有個剎車的原始功能，叫做「出毛病」。喝酒喝出毛病就應減少，硬邦邦喝下去，也死得硬邦邦，道理最簡單不過。

真的會喝死人？

真的，古龍就是喝酒喝死的。

榴槤和酒，是不是不能一塊吃？

沒有科學引證。啤酒和榴槤應該沒有問題。烈酒和榴槤不試為妙。友人岳華，從前就是喜歡喝了白蘭地後吃榴槤，一直沒事。有一次感到胃不舒服，從此就不再

喝烈酒吃榴槤。

女人和酒，你選擇哪一樣？

兩者皆要。

不行，只能取其一！

那麼還是酒。酒不語，女人話多。酒不會來糾纏你，你何時聽過酒會開口說「喝我，喝我」？

白蘭地和威士忌，你選擇哪一樣？

愛酒的人，哪有分別？

聽說白蘭地是葡萄做的，可以補身；威士忌是麥釀的，喝了不舉。

亂講。這是狡猾的法國商人捏造的故事，他們要打倒威士忌，只有出這個陰招。威士忌喝了不舉？你有沒有看到蘇格蘭男人穿的是裙子？他們不穿長褲，隨時可以將女人「就地正法」。

講個酒故事來聽好不好？

這是倪匡兄講的：昔日，一個人喝酒喝窮了，下決心戒酒，但是肚子裡的酒蟲像要伸出手來抓舌頭，不得不喝。一天，他叫人拿了數罐美酒放在面前，又把自己綁在一棵大樹幹上，幾個時辰下來，酒蟲聞著酒香，忍不住由他口中爬了出來。這個人從此不喝酒，但是後來非常無聊，悶死了。

你最佩服的酒徒是誰？

一個叫石曼卿的。石曼卿，宋朝人，性倜儻，行俠氣節，文風勁健，工詩善畫，明辨是非，嗜酒不亂。他還是一位兵法家，常預言敵方攻勢，奈何皇帝不聽，故曼卿喝酒去也。當年有個布衣叫劉潛，也胸懷大志，常與石曼卿一起喝酒。他們兩人終日對飲，喝到傍晚一絲醉意也沒有。第二天，整個京城傳說有兩個「仙人」到酒家喝酒，這兩個「仙人」就是石曼卿和劉潛。

另一個石曼卿與劉潛的故事是他們又一起到船上喝酒，喝到半夜，船夫的酒快給他們喝完，見有斗餘醋，混入酒中給他們喝，他們也照樣乾了。

石曼卿告老歸隱，住山頭，醉後拿起弓來，把數千個桃核當彈子，射入谷澗，幾年後，滿谷桃花。

說說你自己的酒故事。

一年到吉隆坡，已經不喝椰子酒甚久，和友人杜醫生摸索到椰子林中的一家餐廳，該地炒咖喱螃蟹出名，佐以椰酒，天下一品。

但當晚該店椰酒賣光，眾客大失所望。我不甘心，跳上杜醫生的吉普車，深入椰林，找供應椰酒的印度師傅。

椰酒釀製的過程是這樣的：在熱帶的椰子林中，你可以看到一個印度人，腰間綁了十幾個小罐，像猴子一樣，爬上二三十英尺高的椰樹。

樹頂葉子下，有數根長得如象牙大小的枝幹，枝幹中開著白色的椰花，趁這些椰花還沒有結實，釀酒人用巴冷刀（開山刀）把它們削去，再在幹尖處綁上小陶罐，撒酒餅在其中。

整棵樹的營養都集中在這尖幹上，吐出液汁來供給花朵結實，頂尖無花，液汁滴注罐中，一面滴液，酒餅一面發酵，製造酒精。印度人每天收集陶罐，倒入大容器裡，拿去街市販賣，但始終是私釀，犯法的。

我們抵達印度人家，敲門。印度人已大醉，醒來知道來意，指著屋簷下的一個裝油的巨大塑膠桶說：「要買就全桶買去。」

問價錢，只合港幣八十大洋。即刻和杜醫生將酒搬上吉普車，往餐廳駕去。

一路上，已忍不住，埋頭下去喝一大口。啊，比任何香檳更好喝，是自然的，是原始的。扛入餐廳，請所有渴望的人大飲。

要記得，酒餅並沒有停止發酵，喝進去還是不斷地在你胃裡產生酒精，直透胃壁，入血液，進大腦。

全餐廳的人皆大樂。酒醉飯飽，見油桶中酒，還只喝了三分之一。

與杜醫生再把桶抬上車，往酒店直馳而去。二人扛酒桶走入希爾頓酒店，經過大堂，眾客投以好奇眼光，及聞酒香，大嘆羨慕。

入房，杜醫生指桶，問道如何處置。我示意把酒抬進浴室，倒入大浴缸中，剛好半滿。夜深，杜醫生離去。我脫光衣服，跳入缸內，全身乳白香甜，涼透心肺。索性整個人潛入

酒裡，張口咕嚕咕嚕狂飲。
人生，一樂也。

酒中豪傑，才是好人

我們這些享受過香港電影全盛時期的人，非常幸福。當年，拍什麼賣什麼，領域之大，布滿東南亞和歐美唐人街，單單某些地區的版權費已經收回成本，所以要求的是量，而不是質。

日本和韓國導演都以快速見稱，輸入了許多人才。前者有井上梅次、中平康、島耕二等，後者除了申相玉、鄭昌和，還有張一湖和金洙容。

導演住酒店，帶來的工作人員就在宿舍下榻。日本人一休息下來，就到影城的後山海裡潛水，撈出很多海膽，當年香港人不會吃，海底布滿了，拾之不盡。

韓國人更勤力，每天工作十多二十個小時，難得有空即刻蒙頭大睡。醒來，就在房間內製作金漬泡菜，他們不可一日無此君，不吃泡菜就開不了工。當年商店沒得賣，非自己製作不可。

這一來可好，泡菜中有大量的蒜頭，發酵起來，那陣味道不是人人受得了的，其他住在宿舍的香港演職人員都跑來向我投訴，我無可奈何，私掏腰包請喝酒安撫。

香港人、日本人、韓國人各有不同，但有一個共同點，就是大家都是酒中豪傑。香港的酒比他們國家的又好又便宜，收工之後在宿舍狂飲，酒瓶堆積如山。電影工作人員都得付出勞力，一天辛苦下來，有些還不肯睡，聊起小時看過的片子，哪一部最好，什麼電影的攝影最佳，最後唱起經典作品的主題曲來。

國籍可能不同，但看過的好萊塢電影是一樣的，這是大家的共同語言，已經不分你我來自哪一個地方。

在片場工作，除了導演高高在上，其他人並沒受到應得的尊敬，只是苦力一名，任勞任怨，所以養成了借酒澆愁的習慣。喝多了，都酒力甚強。我請工作人員時，也以會不會喝酒作為標準。不喝的，一定不行，酒中豪傑，才是好人。

配額

好久未喝酒了，一下肚就有點昏昏的感覺，是不是有如倪匡兄所說「酒的配額已喝完了」呢？

他老兄對酒總是千杯不醉。按他說，酒是天下最奇妙的飲料，耶穌創下的第一個奇蹟，就是把水一變，變成了酒。

後來，一天，有人見到他忽然不喝了，又問，他回答說：「是耶穌叫我別喝的。」

但是，同一個人又看他再次豪飲時，問同一個問題，他又回答：「壞酒的配額的的確確是用完了，但好酒的，現在開始。」

總之你是說不過他的，他是「外星人」。

至於我自己的配額有沒有用完不知道，只覺喝得沒以前那麼痛快，既然如此，便少飲。事情就是那麼簡單。

但今天怎麼醉了？是因為傅小姐拿來的酒，我一向對紅酒的興趣不大，嫌它酸。傅小姐的酒一點酸味也沒有，又香又醇，真是那麼厲害，喝了只會笑個不停。

喝來自波爾多的白馬堡（Château Cheval Blanc），以及來自勃根地的香貝丹（A. Rousseau

Chambertin）——她和我的最愛，絕對沒有配額問題。

當然，那幾杯紅酒不至於令我不省人事，晚上到了，在好友張文光家吃飯，他拿出一瓶十八年的「山崎」單一麥芽酒，一入喉，醇厚無比，又即刻大飲。

現在國內的威士忌大行其道，我早就預言，對外國烈酒的接受，一定先從白蘭地開始，它的市場戰略非常厲害，又甜甜地容易喝進口，摻什麼其他飲料都行，必定先受歡迎。再喝下去，覺得糖分太高，有點膩了，才進入喝威士忌的階段。其實天下飲者到最後的共同點，都喝此酒。

威士忌的老祖宗是蘇格蘭，我們要回到它的懷抱，還有一點距離。忽然之間大家都大讚日本單一麥芽威士忌，搶著去喝。

日本人做事一板一眼，向最好的去學，那就是泡在雪梨木桶裡的原味，它最正宗。我們現在喝的有多種其他的木桶味，甚至於泥煤味，都說那才是好的，嫌雪梨桶不好喝，真是莫名其妙。

是的，還有一段距離，才能真正欣賞。

普洱茶的真性情

翻看雜物，發現家中茶葉有普洱、鐵觀音、龍井、大紅袍、大吉嶺、立頓、富硒、靜岡綠茶和茶道粉末，加上自己調配的，應該這一生一世飲不完吧。

茶的樂趣，自小養成。家父是茶痴，一早叫我們四兄弟和姐姐到家中花園去，向著花朵，用手指輕彈瓣上的露水，每人一小碟，集中之後煮滾沏茶的印象尤深。

家父好友統道叔是位進口洋貨的商人，在他辦公室中一直有個小火爐和古董茶具泡功夫茶。用欖核燒成的炭，是在他那裡第一次看到。

濃郁的鐵觀音當然是我最喜愛的。統道叔沏的，哥哥一早空肚喝了一小杯，即刻臉變青，嘔得連膽汁都吐出來，我倒若無其事地一杯又一杯。

老人家教導，喝茶喝醉了，什麼開水、牛乳、阿華田都解它不了。最好的解茶藥，莫過於再喝茶，但是這次要喝的是武夷老岩茶，越老越醇，以茶解茶，是至高的境界。

來到香港，才試到廣東人愛喝的普洱茶，又進入另一層次。初喝普洱，其味淡如水。因為它是完全發酵的茶，入口有一陣霉味，台灣人不懂得喝普洱，「洱」字又難念，乾脆稱之為「臭普茶」。「臭普」，閩南語「發霉」的意思。

普洱茶越泡越濃，但絕不傷胃。去油膩是此茶的特點，吃得太飽，灌入一兩杯普洱，舒服到極點。三四個鐘頭之後，肚子又餓了，可以再進食。

久而久之，喝普洱茶一定喝上癮。高級一點的普洱茶餅，不但沒有霉味，而且感覺到滑喉，這要親自體驗，不能以文字形容。

想不到在雲南生產的普洱，竟在廣東發揚光大。普洱的唯一缺點是它不香又不甘，遠遜鐵觀音。

有鑑於此，我自己調配，加入玫瑰花蕊及藥草，消除它的霉味，令其容易入喉。這一來，可引導不嗜茶者入迷，小孩子也能喝得下去。經過這一課，再去喝純正的普洱，也是好事。能去油膩，倒是不可推翻的事實。

市面上有類似的所謂減肥茶，其實是摻了廉價的番瀉葉，喝了有輕微的拉肚子作用，已失去了享受的目的。而且，番瀉葉與茶的品質不同，裝入罐中，沉澱於底，結果茶是茶，番瀉葉是番瀉葉，一大把抓了沖來喝，洗手間去個不停，很可憐。

玫瑰花蕊和菊花一樣，儲久了會生蟲。用玫瑰蕊入茶，要很小心。從產地進口後，要經過三次的焙製，方能消除花中所有幼蟲，但是製後須保持花的鮮豔，這也要靠長時間的研究和經驗的累積。

一般茶樓中所喝的普洱，品質好不到哪裡去，有些還是由泰國進口、當地商人收集來的沖過的舊茶葉，再次發酵而成，真是損陰德。純正雲南普洱不分貴賤，都有一定水準。

其他茶葉沏後倒入茶杯，過一陣子，由清轉濁，尤其是西洋紅茶，不到十分鐘，清茶成為奶茶般的顏色。

普洱永不變色。茶樓的夥計把最濃的普洱存於一玻璃罐中，稱之為「茶膽」，等到閒下來添上滾水再喝，照樣新鮮。

在茶莊中買到的普洱，由十幾塊錢一斤到數百塊一個的八兩茶餅，任君選擇。所謂的絕品「宋聘」，百分之九十九是假貨，能有「紅印」牌的三四十年舊普洱喝，已是很高級。但是普洱屬於大眾的日常飲品，太好、太醇的茶，每天喝也不過如此。港幣一百塊一斤，已很不錯。平均每一斤可以喝上一個月，每天只不過是三塊多錢，比起可樂、七喜，便宜得多。

普洱葉粗，不宜裝入小巧的功夫茶壺，經茶盅沏普洱最恰當。普通的茶盅，十幾二十塊錢一個，即使買民國初年製的，也只不過是一兩百塊。弄個古雅一點的，每天沏之，眼睛也得到享受。

有許多人不會用茶盅，其實原理相當簡單，膽大心細就是，有過兩三次的燙手經驗，即畢業。

喝茶還是南方人比較講究，北方人喝得上龍井，已算及格，他們喜愛的香片，已不能叫作「茶」，普洱更非他們可以了解或欣賞的。

普洱已成為了香港的文化，愛喝茶的人，到了歐美，數日不接觸普洱，渾身不舒服。我每次出門，必備普洱。吃完來一杯，什麼鬼佬垃圾餐都能接受。

移民到外國的人，懷念起香港，普洱好像是他們的親人。家中沒有茶葉的話，一定跑到唐人埠去喝上兩杯。

到外地拍電影，我的習慣是攜一個長直型的熱水壺，不銹鋼做的，裡面沒有玻璃鏡膽，不怕打爛。出門之前放進大量普洱，沖沖水，第一道倒掉，再沖，便可上路。寒冷的雪山中或酷熱的沙漠裡，倒出普洱與同事一齊喝，才明白什麼叫作「分享」。

一次出外忘記帶，對普洱的思念也越來越深。幻想下次喝之，必越泡越濃，才過癮。返港後果然只喝濃普洱，不濃不快。倒在茶杯中，黑漆漆的。餐廳夥計走過，打趣地問：

「蔡先生，怎麼喝起墨汁來？」

謙虛回答：「肚中不夠嘛。」

真正的「茶蟲」是「茶寵」

好友堅哥是位普洱茶專家，最好、最老的都在他的收藏之中，可以說是全香港最齊全，而做到香港第一，也是世界第一了。

到他那裡，當然能喝到好茶。

「你會喜歡這一種。」他說。

看樣子，是細小烏黑的茶葉，普洱通常做餅狀，葉甚大，為什麼有這種樣子的？

「是不是茶苗？」我問。

「不。是從茶餅中跌出來的碎茶。」他得意地說。

「哪來那麼多碎茶？」

「是從一間舊茶樓買回來的。」

他解釋：「倉中一堆堆放，久而久之，倉底遺漏了很多碎片，已有幾十年。」

「什麼時候買的？」

「三十年前，那家茶樓倒閉的時候。」

一喝之下，果然醇厚、滑喉。當年最普通的茶，當今喝來已不錯，現在有錢也買不到了。他說：奇怪的是沖多少泡，顏色還那麼濃，味不減薄，較任何賣五六千塊一餅的紅印都好喝。再試好幾種，越喝越佳。

堅哥的兒子在外國留學，剛好回來度假，幫父親打開一箱百年普洱。「老豆，茶裡有蟲！」我聽到他大叫。茶蟲？沒見過，我衝去看。一條一英寸長的蟲，全身烏黑發亮。「不要緊，不要緊。」堅哥說，「老普洱有蟲不要緊。」但那條蟲子已被他兒子捏死。一生吃的蟲蟲蟻蟻甚多，就沒有吃過茶蟲，這條蟲吃老普洱為生，一定乾淨。食欲大作，用牙籤串起，從和尚袋中拿出點雪茄的噴火機燒烤一番，見已熟，吃進口，細嚼之下，一陣茶香。終於做了個名副其實的老茶蟲。

茶在心間，才是人間清歡

要出遠門，當然要準備好茶葉，至於要不要帶個茶盅，猶豫了一陣子。

「拿個藍花米通去吧。」茶葉鋪的老闆陳先生說：「這種茶盅隨時可以買到，打破了也不可惜。」

對慣於旅行的人，行李中的每一件物品都計算過，判斷是否必需，方攜之。沏茶總不會是個問題吧？最後決定，還是放棄了茶盅。

這一來可好，往後的一些日子，這個決定帶來許多麻煩，但也有無盡的樂趣。

到達墨西哥，第一件事便是找滾水。我的天，當地人是不用的。他們根本就不喜歡喝茶，只愛咖啡。咖啡並非沖的而是煮的，一鍋鍋地泡製，便沒有多餘的滾水了。

滾水的西班牙語是「agua caliente」，「水熱」的意思。拚命向人家要「水熱」、「水熱」。他們不知道我要「水熱」幹什麼，結果也依了我，跑到廚房去生火，他們沒有水壺或水煲，用個煮湯用的鍋子，把水煮沸了交給我。

拿到房間把茶葉撒進去，根本談不上沏茶，簡直是煮茶，真是暴殄天物。

對著這鍋茶怎麼辦？也不能把嘴靠近鍋邊喝，燙死人。只有倒入水杯。「砰」地一聲，玻璃杯破了，差點把手割傷。

第二天忍不住去買了個原始型電水壺，此種簡單的電器，墨西哥賣的真貴，港幣三百六十大洋。

有了電水壺沒有茶壺又怎辦？這次不敢直接沖滾水入玻璃杯，但也不能將茶葉扔進電水壺裡呀！

想個半天，有了，從行李中拿出一個小熱水瓶來，這是我出外景必備的工具。因為有一次在冰天雪地的韓國雪嶽山中，梳妝師傅細彭姑爬上雪山時還帶著個熱水瓶，我嫌它累贅，想不到拍到一半，快凍僵時，她由熱水瓶中倒出一杯鐵觀音來給我，令我感動不已。由此之後，我向她學習，每到外景地前先沏好一壺茶，讓最勤力的工作人員欣賞欣賞。

把茶葉放進熱水瓶，再將滾水倒進去，用牙刷柄隔茶葉，第一泡倒掉，再次注入熱水。沏出來的茶很濃，好在用的是普洱，要是鐵觀音就太苦澀了。飲用時倒進杯中，茶葉渣跟著沖出來，半杯茶水半杯葉，也只有閉著眼睛喝了。

演員跟著來到，先是黎明把我的電熱水壺借去泡公仔麵。還給我時，葉玉卿又來拿去。這一借，不回頭，我也不好意思為了一個小熱水壺和人家翻臉，算了，另想辦法。

走過一家手工藝品商店，哈哈，給我找到了一個茶壺，畫著古印第安人抽象的藍花，很是悅目，即刻買下來。

再到超級市場去進貨，想多買一個熱水壺，但是給香港來的工作人員一下子買光。小鎮上，再也難找。

索性全副武裝，購入一個電爐，再買個鐵底瓷面的鍋子，一方面可以煮水，另一方面又能煮食。

回到小房間，卻找不到插座頭：燈是壁燈，電風扇掛在天花板上，只有洗手間中那個插電鬍刀的能夠勉強使用。

水快沸，心中大樂，這次只許成功不許失敗，把茶葉裝入茶壺，注入滾水。準備好茶杯，倒茶進去。又是半杯茶葉半杯水的一杯茶。原來買的是咖啡壺而不是茶壺。注水口大，沒有東西隔著，所以有此現象。

經過幾番折騰，後悔當初不把那個茶盅帶來，中國人發明的茶盅實在簡單方便實用，到現在才知道它的好處。

終於，在五金鋪中指手畫腳，硬要他們賣給我一小方塊鐵紗，店員乾脆說：「不要錢，送給你。」

老大歡喜地把那片鐵紗拿回酒店，貼在咖啡壺內注水口上，這一來，才真正地享受到一杯好茶。

在沒有喝茶習慣的國家中，我遭了好些老罪。上次在西班牙，向他們要滾水的時候，他們把有氣的礦泉水煮給我，泡出來的茶有股阿摩尼亞味，恐怖至極。

之後，我已不要求什麼鐵觀音、普洱，只要有立頓黃色茶包已很滿足。沒有滾水？好，要杯咖啡，再把三個茶包扔進去浸，來杯鴛鴦算了。

我們這次的外景，最大享受是回到旅館，每個人都把他們的臨時泡茶工具拿出來，你沏一杯，我沏一杯，什麼茶都不要緊，只要不是咖啡就行。喝入口，比什麼陳年白蘭地更加美味。

日本的茶道，那不過是依照陸羽的《茶經》去做，很多人罵他們只注重儀式，但也是悠閒生活的一個方面呀！台灣人沖功夫茶更是越來越繁複，先用一支竹夾子把小茶盅中的茶葉夾出來，再來個小竹筒盛新茶裝入，沏後倒入一大杯，再注入幾杯，把空杯聞了一聞，再喝茶。說什麼這才是真正的茶道，他們看輕日本和香港的喝茶方式，認為台灣產的凍頂烏龍，才真正叫作茶。

茶，要是一定那麼喝，已失去茶的意思。

茶，是用來解渴的，用什麼方式，都不應該介意和歧視。在沒有任何沏茶工具之下做出來的茶，才能進入最高的境界。

茶

喝茶已經是我日常生活的一部分，是我一早起來第一件要做的事了。

認識我的人都知道，我最愛普洱，越濃越好，似墨汁最佳。這個胃，已經訓練到鐵打的了，醉茶這種毛病不會發生在我身上。

普洱是一早買的，趁還沒漲價，所存的舊茶夠我喝到老。要是當年沒有這個先見，照目前的價錢，可能會喝窮。

戴偉強兄是我的一位好朋友，他是杭州人，每年必寄明前龍井給我，我捨不得喝，都轉送倪匡兄，日子久了，忘記龍井的美味。

自從他去世之後，我開始打開那熟悉的紙包裝，是「獅峰龍井」的「風篁嶺」出品。這一喝，不得了了，上了癮，所以每早除了普洱之外，還要來一杯龍井。

龍井不必用紫砂壺或茶盅，它很乾淨，就那麼放進玻璃杯中，沖熱水即可飲之。我用了一個大杯子，那是喝威士忌加冰時用的，隔著透明的杯壁，細觀茶葉沉浮，又多了一種人生樂趣。

普洱及龍井喝悶了，我還喜歡泰國手標的紅茶。

這產品在茶葉之外，一定下了很多其他香料。顏色也厲害，在茶杯中留下了一圈圈的紅印，仔細洗才沖得掉。

愛上手標茶的另一原因，是我在拍戲時在秦國住過很長一段時間，當年沒有普洱喝，紅茶代之，不加糖，淨飲。

在西班牙生活時，當地人只喝咖啡，什麼茶葉都買不到，只有在超市中買立頓牌的黃色茶包，偶爾我也會喝回這種最普通的紅茶。

回到香港，什麼茶都有，反而對潮州人喜愛的單叢茶不感興趣，他們從前愛喝的鐵觀音也只剩下香味，而忘記鐵觀音是調和新茶的香、老茶的色和中茶的甘，那才叫鐵觀音呀。

那批放在雪櫃（冰箱）中保鮮的龍井快要喝完，春天已至，不久，又能喝到明前龍井。茶能喝出季節來，又是另一種樂趣。

日子再忙，也要喫茶去

與程氏夫婦認識多年，他們曾在新加坡住過一個時期，返港後我們經常聚會。育有二子，除上學外，還言傳身教，一有假期就帶他們到世界各個都市的博物館參觀，並享受名廚美食。

大家沒有聯絡已久，一日，接到母親電話，見面時，母親樣子依舊，小兒子已經長大成人，彬彬有禮，是位好青年。

問近況：「對什麼最有興趣？」

「飲食。」兒子程韶倫回答。

真奇怪，友人子女，都想幹這方面的東西，大概是與從小吃得好有關係。

「幹餐廳，很黏身。」我說。

「不是。」他媽媽說，「你先聽聽他的。」

「你知道的，我們家族和雲南的關係很好。」程韶倫說，「我一向愛喝普洱茶，便順理成章地想做普洱茶生意了。」

「那更糟糕，要辨別普洱茶的真假和好壞，最少也得再花幾十年功夫。」

「不是賣茶餅，而是現喝的。」他說。

原來，程韶倫大展拳腳，購入最新機器，在最衛生乾淨的環境下，採集天然森林生長的大葉種喬木茶，其中有樹齡三百年以上的野放古茶樹，和五十年以上的有機茶樹，不需要施用化肥和農藥，以高科技提煉出普洱精華來。他取出樣品給我看，是牙籤紙筒般大的包裝，一撕開，浸入滾水或冷水中，即刻溶化。

對味道還是表示懷疑，我喝了一口，不錯不錯，剛好要出門旅行，喝他的普洱精華，早、中、晚餐都來一杯，方便到極點。程韶倫也做過ＳＧＳ檢驗報告，證實此精華的兒茶素、茶多酚含量高達百分之六十二點九，這些活性成分有強烈的抗氧化、抗病毒和防癌、防老的作用，一杯相當於六杯傳統茶。

名為「喫茶去」，漢獅集團出品，當今已在市面上，可在置地和圓方的「3hree Sixty 超市」、九龍城「永富」以及小店「一樂也」買得到。

玩泥沙的日子哪去了

今早的新聞中，看到北京的一個學校，專教小孩子如何成為神童，讀小學就能有大學的成績，全年學費竟然高達十四萬人民幣。

校長出鏡解釋如何教導。他沒有眉毛，皮笑肉不笑，一臉奸相，一看就知道是個老千，但也有父母上當。據專家們說，那裡的教學方法，和普通的並無兩樣。

都怪只能生一個。由父母及男女雙親一共六個人來寵愛，非成龍不可。

香港的也好不到哪裡去，一兩歲就要送他們去幼兒園。我一些朋友都說單單為了孩子的學業，每個月花一兩萬。那麼多錢，長大了還得了？留下來自己吃吃喝喝，多開心？

玩泥沙的日子哪去了？現在的兒童關在石屎森林（高樓大廈）中，來往之地只是學校和家裡。個個戴近視眼鏡，老氣橫秋，把頭埋進電腦。自己的腦袋，裝了什麼東西？

我們在河裡抓小魚，葉中找打架蜘蛛，過的童年是那麼逍遙，現在的兒童永無體會。

玩到五六歲才去讀幼兒園，有的乾脆跳開，一下子進入小學。是的，也許我們那時的兒童，長大了比當今的笨，但是我們快樂。

也明白做父母的苦心，不逼迫孩子，今後怎麼和別的孩子競爭？但是應該回頭一想，自己已經競爭了一輩子，還要下一代重蹈覆轍？

想開了，就能放心。先讓兒女玩一陣子吧！這是實實在在的，是他們再也得不到的時光。今生今世，永遠不會忘記！

最佩服蘇美璐一樣的人物，讓女兒阿明在小島上自由奔放，阿明長大後會失去競爭能力嗎？她那麼聰明，是不可能的。還是倪匡兄說得對：好的孩子教不壞，壞的教不好，讓他們玩去！

有一技之長多好

書畫文具店，標青的有上環的「文聯莊」和油麻地的「石齋」。老闆黃博錚先生，本身是一個書法家，與同好共創「甲子書法社」，一週一次在店裡辦雅集，也教學生。

做這一行的，本身不愛好藝術不行，黃先生說：「市場很狹窄，沒什麼人肯幹。」我就是喜歡光顧這種「沒什麼人肯幹」的鋪子。「石齋」中各種文具齊全，單單宣紙就有上百種選擇，我最愛用的是「仿古宣」。

字畫收藏一久，白色或米黃色的紙，便會變成淺褐色或淡綠色。後者的顏色最美，看起來非常舒服，那種綠綠得可愛，像新摘的龍井。聞起來還有種香味，真個名副其實的古色古香。當今寫字，不可能有這種效果，只有用「仿古宣」了。色彩一樣，但沒有香味，也只好接受。

店裡也替客人接刻印的單，不收費用，直接讓顧客和名篆刻家接觸。我的大師兄孔平孫先生也幫人家刻，小師兄禤紹燦本來也在「石齋」掛作品，但近年來積極教拳，篆刻方面少去碰。古人說做才子有二十種條件，琴棋書畫後還有個「拳」字，紹燦師兄是真正的才子，我只是二十分之一個才子。

這個年代，還有什麼人對書畫有興趣呢？老闆黃先生說：「主要客路是一些中產階級，公務員和老師居多。他們收入穩定，空餘時間控制得住，就會學字畫了。但是近年來鐵飯碗也打破了，客人又減少。」

「我們這一輩，也給父親罵不學無術，」我說，「我相信青出於藍，總有人肯學。」

「是的，」黃先生說，「有一技之長，至少老了可以擺擺攤、寫揮春（春聯），不必去當看更（保全、警衛）。」

第四章

江湖老友，多是傳奇

生命的長短
是不受自己控制的，
但生命品質的好壞，
卻是我們自己能夠提高的。

金庸的稀奇古怪

黃蓉想出來的食譜，稀奇古怪。作者金庸先生的飲食習慣，卻很正常。

「我和蔡瀾對一些事情的看法都很相同，只是對於吃的，他叫的東西我一點也吃不慣。」有一次和金庸先生去吃廣東粥麵，他就這麼說。

海鮮類金庸先生也沒有興趣，他愛吃肉，西餐廳牛扒（牛排）絕對沒有問題。一起去旅行時，到中國餐廳，他喜歡點酸辣湯，北方水餃也吃得慣。

上杭州餐廳和去滬菜食肆，金庸先生不必看菜單，也可以如數家珍地一樣樣叫出來。

至於水果，金庸先生最喜歡吃西瓜，這也是江浙人的習慣吧。我小時候就常聽家父說他住上海的時候，西瓜是商家一擔擔買來請夥計吃的。不這麼做就寒酸了，當年沒有雪櫃，把西瓜放進井裡，夏天吃起來比較冰涼。

說到酒，據說金庸先生年輕時酒量不錯，但我沒看過他大量喝，來杯不加冰的威士忌，淨飲倒是常見。近年來他喜歡喝點紅酒，每次摘下眼鏡後細看酒標，所選的酒廠和年份都不錯。不時喝到侍者推薦的好酒，也用心筆記下來。

吃飽了飯，大家閒聊時，金庸先生有些小動作很獨特，他常用食指和中指各插上支牙籤，當是踩高蹺一樣一步步行走。

數年前，經過一場與病魔的大決鬥之後，醫生不許查大俠[6]吃甜的，但越被禁止越想吃，金庸先生會先把一長條朱古力不知不覺地藏在女護士的圍裙袋裡面，自己又放另一條在睡衣口袋中，露出一截。

查太太發現了，把他的朱古力沒收。但等到上樓休息，金庸先生再把護士的扒了出來偷吃。本人稀奇古怪，不然，他小說中的稀奇古怪事，又怎麼想出來的呢？

6 金庸本名查良鏞，因此作者稱其為查大俠。

他在每個時代，都玩得盡心盡力

倪匡的生命中，有許多時代。像畢卡索的藍顏色時代、粉紅顏色時代，而倪匡就有木匠時代、Hi-Fi時代、金魚時代、貝殼時代、情婦時代和移民時代。

每一個時代，他都玩得盡心盡力，成為專家為止。但是，一個時代結束，就從不回頭；所收集的，也一件不留，這是他的個性。在他的貝殼時代，曾著多篇論文，寄到國際貝殼學會，受外國專家的讚許。他本人收集的稀少貝殼，要是留下一兩個，到現在也價值連城，但他笑嘻嘻地都不要了，一點也不覺得可惜。

倪匡的種種時代我沒有親身涉足，只能道聽塗說，但是他的演員時代是由我啟發的，在這一方面我可有些發言權，可以發表點獨家資料。

有多方面才能的倪匡，電影劇本寫得多，為什麼不當演員呢？反正他有一副激情有趣的面孔，許多女人都想捏他一下，叫他當演員，是理所當然的事。

數年前，我監製了一部商業電影叫《原振俠與衛斯理》。由周潤發演衛斯理，錢小豪扮原振俠，張曼玉演原振俠的女朋友。內容沒什麼好談，商業電影嘛，只要包裝包得好就是了，不過由周潤發來演衛斯理，倒是最衛斯理的衛斯理了。

言歸正傳，我想起常和亦舒開玩笑時說，外國人寫小說，開始的時候一定是：這是一個又黑暗又狂風暴雨的晚上……連《花生》漫畫的史努比也這麼開頭，我讓《原振俠與衛斯理》也以一個又黑暗又狂風暴雨的晚上開始……

布景是一個豪華的客廳，人物都穿著踢死兔在火爐旁邊談天，外面風雨交作。貴賓有周潤發、錢小豪，少不了原作者。由倪匡扮演自己，最適當不過了。當年倪匡從來沒有上過鏡，是個噱頭。但要說服他演戲，總得下一番功夫。

在電話上說明後，他一口拒絕。但我說借的外景地是香港最高貴的會所大廳，而且……而且……他即刻追問：「而且什麼？」

我說而且還有多名美女，喝的酒是真材實料的路易十三。倪匡即刻答應。我打蛇隨棍上，稱要穿晚禮服的。

「我才不穿什麼踢死兔！」倪匡說，「長袍馬褂好了。」

那種氣派的場面，怎能跳出一個穿長袍馬褂的中古人？我大叫不不不不。第二天就強迫他去買戲服。

在這之前，我叫製片打電話給代理商，路易十三的空頭支票一開，到時沒有實物交代不過去，好在代理商大方，贊助了半打。

我們在置地廣場的各家名牌店中，替他選了白襯衫、黑石衫扣腰帶、袖扣和發亮的皮鞋，但就是買不到一件合他身材的晚禮服。

倪匡長得又肥又矮，在喇叭褲流行的時代，他從來沒有感受過，因為他買喇叭褲時，店員量了他的腿長，把喇叭褲腳一截，就變得不喇叭了。

最後只有到連卡佛（Lane Crawford），試了十幾套，到最後店員好歹在貨倉底中找出了一件，試穿之後，意外地合身。倪匡拍額稱幸，問店員說怎能找出那麼合身的東西。店員也很老實：「哦，我想起了，是一個明星七改八改之後訂下的，結果他沒來拿。他好像姓曾的，對了，叫曾志偉。」

倪匡聽了一面烏雲，不出聲地走出來，我們幾人笑得跌在地上，後來才追著跟出去。經過史丹利街的眼鏡店，我看到倪匡戴的黑框方形眼鏡，一點也沒有作家的形象，就把他拉進去。

我選了一副披頭四約翰．藍儂（John Lennon）常戴的圓形眼鏡，叫他一試。

「這麼小副，會不會顯得眼睛更小？」他猶豫。

「不是更小，是根本看不見。」我心裡想說，但說不出口。倪匡這個人鬼靈精，早已猜到，瞪了我一眼，那時我才看到一點點。

一切準備就緒，戲開拍了。

燈光師在打閃電效果的時候，我們已經乾掉了一瓶路易十三。

倪匡被大明星和專門請來的高大的時裝模特兒包圍，樂不可支。他穿起那套晚禮服，居然也有外國紳士的樣子。

周潤發等演員都喝了酒，有點微醉，大舌頭地講對白，輪到倪匡，他口齒伶俐，一點也沒有平時講話的口吃毛病，把對白交代得一清二楚。因為沒有人可以配他的口氣，當時是現場收音的，竟然一次過，沒有NG。

周圍的人都拍掌，說他是一個天生的演員。

一位大波妹模特兒大讚：「真像一個作家。」

倪匡又瞪了她一眼：「本來就是作家嘛。演作家還不像作家，不會去死？」

戲拍完後，倪匡上了癮，從此進入演員時代。

他也愛上那副圓形眼鏡，還問我說電影道具是否可以留下。我說我是監製，說留下就留下。不但如此，連那套踢死兔也奉送，因為我知道也不是很多人能穿的。

倪匡的第一部電影拍得很順利，到了第二部就出亂子了……

有部戲叫《群鶯亂舞》，是部描寫石塘咀花街時代的懷舊戲。演員有關之琳、利智、劉嘉玲、王小鳳、鄭少秋、王晶、鄭丹瑞、秦沛等人，現在要召集這群大牌，已不易。何嘉麗唱的主題曲《夜溫柔》，至今繞耳。

「我扮演個什麼？」倪匡問。

我回答：「嫖客。馬上風死掉的嫖客。」

在電話中，我聽到倪匡大笑。

後來倪太告訴我，有個無事生非的八婆向她說：「蔡瀾真會搵倪匡的笨[7]，叫他演作家也就算了，叫他當嫖客，簡直是侮辱了大作家。」

倪太聽了不動聲色地說：「倪匡扮作家、嫖客，都是本行。」

在片廠中搭了一堂豪華的妓院布景，美術指導出身的導演區丁平，一絲不苟地將石塘咀風情重現，連酒席中的斧頭牌三星白蘭地，也是當年貨。

我生不逢時，沒有去過石塘咀，現在身置其中，被穿旗袍的美女圍繞，一樂也。電影製夢，令人不能自拔。

和倪匡喝了一輪酒後先告退，回家睡覺，到了半夜，區丁平氣急敗壞地打電話吵醒我：「大事不妙，倪匡喝醉，不省人事，戲拍不下去了，怎麼是好？」

我懶洋洋地化解：「繼續拍好了。你難道沒有聽過一個喝醉酒的嫖客？」

區丁平一聽也是，掛上電話後就把醉醺醺的倪匡放進轎子裡，被人抬進洞房，開演了！翌日倪匡清醒，接著拍戲，這時他的演員道德好得不得了，非常投入，因為和他演對手戲的是利智。當年利智選亞姐，沒有一個人看好她，倪匡一口咬定非她莫屬。利智當選後做演員，當然報答倪匡慧眼識英雄之恩，當他老太爺一般地服侍。

後來，倪匡對他的演員生涯，更是著迷。

7　搵笨，粵語中通常指占人便宜或把別人當傻子來耍。

之後，文雋當導演也請他，洪金寶當導演也請他，拍了不少電影。

至於倪匡的片酬，他以日計，每天兩萬大洋，拍個十天八天，照收二十萬。「值得值得！」文雋大叫，「請了那麼一個大作家，香港、台灣、星馬都有市場！」

文雋自己也寫文章，在現場對這位文壇老前輩，「倪匡叔」長「倪匡叔」短地招呼。倪匡又瞪了那雙不大看得到的眼睛：「縮、縮、縮！不縮也給你叫縮了！」

所有的電影也不單是文戲，有次倪匡演洪金寶的戲，怎能不打？

那場戲是和一個大隻佬打架，被他一踢，倪匡滾下樓去。倪匡堅持不用替身，說：「我胖得像一個氣球，滾下去一定好看！」

洪金寶說什麼也不肯，不過，他說：「要是拍的話，留在最後一個鏡頭。」倪匡想想，還是臨陣退縮，這次可真的被文雋叫得應了。

一部接一部，倪匡不只在香港拍戲，還跟著大隊到外國去出外景。

林德祿導演的《救命宣言》在香港借不到醫院的實景，拉隊到新加坡去拍。不是主角的倪匡自掏腰包，坐頭等艙，入住五星級酒店，好不威風。

倪匡演一個酩酊大醉的老醫生，演對手戲的是差點當了他媳婦的李嘉欣。

倪匡戲分頗重，不同以往客串性質的角色，林德祿對演員的要求也高，但倪匡應對自如，反正醫生是沒當過，醉，卻是拿手的。

有場戲，需內心表情，林德祿拍倪匡的特寫。倪匡正在動手術，為人開刀，口戴面罩。

「匡叔！演戲呀！演戲呀！」林德祿叫道。

「戴著這種口罩，怎麼演嘛？」倪匡抗議。

「用眼睛演呀，用眼睛演呀！」林德祿大叫。

倪匡氣惱，拉掉口罩摔在地下，罵罵咧咧道：「你明明知道我眼睛那麼小，還叫我用眼睛演戲！你不會去死！」

祿叔垂頭喪氣，舉手投降。

寫了幾百個劇本，倪匡卻沒有現場的經驗，從來不知道拍戲要打光的。他常說，拍戲容易，等待打光最難耐，可以和美女吹牛皮，那又不同。但對著的是李嘉欣，倪匡無奈，只有繼續發脾氣。

又有一部叫《僵屍醫生》，倪匡這次可不演醫生，但也不演僵屍，扮的是抓鬼的道士。他扮相沒有林正英那麼權威，但滑稽感不遜任何演員，反正是喜劇，他演起來得心應手。

話說那鬼佬吸血僵屍來到香港，還帶來一條性感鬼婆女僵屍，倪匡演的道士把女僵屍收服，用手抓著女僵屍的雙腿，提上來看看她死去沒有。

本來戲的要求是抓著她的雙踝的，但倪匡身矮，只能抓到她的雙膝，一舉起來，正對著吃慣牛油的女僵屍的生殖器，倪匡即刻放手，落荒而逃，那女僵屍跌到差點斷頸。

我在旁邊看了，大叫：「政府機構，民政司處！」

倪匡即刻會意：「你這衰仔，用廣東話罵我聞正私處！」

說完要以老拳來擊我腦袋，這次輪到我落荒而逃。

至情至性黃霑

黃霑和陳惠敏終於結婚了。

別誤會，黃霑沒有同性戀的傾向，這個陳惠敏不是武打明星的陳惠敏，是位叫雲妮的小姐，比黃霑小十七歲，是他從前的祕書。

早在做《今夜不設防》電視節目時，黃霑就告訴我們關於雲妮的事。

「簡直像金庸小說裡的人物。」倪匡說，「怎麼可以不要？一個男人，一生中，有多少個像雲妮那麼死心塌地愛你的？你不要讓給我。」

當然倪匡是說著玩的，黃霑才死都不肯讓出，所以才搞到今天結婚這種後果。

在十一月初，黃霑和雲妮從香港直飛三藩市，先拜訪倪匡這個老友。黃霑前一陣子每天上鏡，累死他了，和倪匡說了一會兒之後便回酒店，大睡數十個小時。我們聽了，點頭說此時是真睡，不是和雲妮親熱，要是洞房那麼長時間，怕他已經虛脫。

在三藩市住了三天後，便飛往拉斯維加斯。大家都知道，這是天下結婚最方便、最快的地方。

「一到了馬上辦好事？」我們做急死太監狀，盤問黃霑。

「當然不是啦。」他說，「我們先去看賭場的表演，又去吃一餐中飯。遇到澳門來的葉漢先生，認得出我，還幫我埋了單。」

「後來呢？」我們又追問。

「雖然說是去結婚的。」黃霑回憶，「但是雲妮還沒有最後答應。」

我們心裡都說：「到了這個地步，還不點頭，天下豈有這等怪事。」

只好等著他耍花槍，耐心地聽他講下去。

黃霑說：「到了第三天，我們在街上散步，我才向雲妮建議：現在結婚去。」

「她點頭了？」我們假裝緊張地問。

「唔。」黃霑沾沾自喜。

「是不是在教堂舉行婚禮的？」

「不是。」黃霑說，「不能直接到教堂。」

這又是怪事了。

「先要領取一張結婚准證。」

「什麼准證？」

這次是他的第二回，以下是黃霑的結婚故事：

我們必須先去一個政府機構，說出護照號碼，登記什麼國籍的人等等。一走進去，那個政府官員在看我身後有沒有人，又指著雲妮，問道：「這是不是你的女兒？你的太太呢？」

我說這就是我要結婚的人。那官員聽了羨慕得不得了，馬上替我們登記，然後收費。

「多少錢？」我問他。

「七十五塊。」

「這麼貴！」我說。

「那是兩人份的登記費呀！」他說。

我心中直罵：「廢話！結婚登記不是兩人份是什麼，哪裡有一人份的。」

也照付了錢，問他說：「附近哪一家教堂最好？」

「都差不多。」他說，「就在我們對面有家政府辦的，你要不要去試試看？」

當然是政府辦的，比私人辦的正式一點，我就和雲妮走過了一座建築物，它不像是一個讓人結婚的地方，倒像一家醫院。

門口有一個黑人守著，這地方是二十四小時營業的，生意好像不是太興隆，所以那個黑人翹起雙腳，架在門上睡覺。我把他叫醒，說明來意，他即刻讓我們進去。

裡面只剩下一個女法官在辦公，她是國家授權，讓她替人家主禮的。

她一看到我們，又望我的身後有沒有人，指著雲妮說：「這是不是你的女兒？你的太太呢？」差點把我氣死了。

她要先收費，又是七十五塊美金，兩人份。

「跟著我說。」她命令，「我，黃霑，答應不答應迎娶陳惠敏，做我的法律上的妻子，愛她、珍惜她，在健康的情形，或在生病的狀況，直到死亡為止？」

我們都說一聲：「I do。」

她問我：「有沒有帶戒指？」

我們哪有準備這些東西？搖搖頭。

「不要緊。」她說完從桌子上拿了兩個樹膠圈，讓我們互相戴上，大功告成。

女法官在結婚證上簽了名，蓋上印，交了給我。

我一看，看到證婚人的欄上，寫著一個叫羅拔．鐘斯的名字，從不相識，便問她道：

「誰是羅拔．鐘斯？」

女法官懶洋洋地說：「就是他。」

指的是睡在門口的那個黑人。

丁先生的放浪形骸，令人咋舌

懷著沉重的心情，告訴大家，丁雄泉先生已經在二〇一〇年五月十七日仙遊。

是他女兒美雅傳來的電郵，郵件中附著一張丁先生的照片，還有他寫過的一首歌頌雨後夕陽的詩：

每天一張新畫，五十里長，在這世界，沒有一家博物館可以掛上；我非常非常高興，只想喝香檳，看到天使，這是一個下雨天，天使在我心中畫畫和歌唱。

丁雄泉先生的人生，就像他那五十里長的畫，氣派，是那麼的巨大。

大白天他就猛灌香檳，一開幾瓶。鵝肝醬牛扒香腸當小食，在客廳中堆積如山。

畫室改自學校的室內籃球場，天花板上點著上千管日光燈，各角落布滿鮮紅的洋蔥花，整室廚房味道。地下淌的是作畫時餘留的色彩，變成一大幅抽象的作品。

丁先生來了香港，我們兩人到了餐廳，一叫就是一桌菜，十二道。到了海邊，魚一蒸七八尾，螃蟹、龍蝦、貝類無數，他喜好的藍色威士忌，也和香檳一樣，喝數瓶。

帶他來到九龍城街市，食肆去了一家又一家，最後還吃他最愛的水果——大西瓜，一人一個。

真正的所謂藝術家脾氣，我只有在丁雄泉身上看到，他的放浪形骸，令人咋舌。無比的精力，絕對不像是一個七八十歲的人。

一次和他到日本岡山去吃水蜜桃，溫泉旅館牆薄，他女友的呻吟聲，整夜不休。那麼雄壯的男人，意想不到，竟會跌倒了不醒。

在他昏迷狀態中，去阿姆斯特丹看他，只見雙眼瞪著天花板。我連叫數聲，無反應，及至快要離去時，似乎看到他眼邊有一顆淚珠。

在想些什麼呢？是不是大喊：「我還要畫畫，我還要做愛，放我出來！」

這種昏迷的日子，一經數年。家人不想對外公布他的病情，我也再沒有提及。只是側聞他從那籃球場畫室，被搬到一個小病房，我心中痛苦倍增，說不出話來。

當今他離去，我們這群好友，應該慶幸，或者悲傷？反應已逐漸麻木，很對不起地向丁先生說一句，沒有去荷蘭參加他的葬禮。相信他在天之靈，也能理解。

丁先生一定會說：「吃吧，喝吧，創作吧。這世界是美好的，充滿色彩。」

的確，自從第一次看到丁先生的作品，就被那強烈的色彩深深吸引，從一個只有黑白的宇宙，回到繽紛世界。

不斷地買丁先生的畫冊，心中佩服，但無緣見面。一次，他在藝術中心開畫展，趕去了，見到他被眾多記者包圍，也不好打擾。

後來終於有機會攀談起來，他說：「我一直看你的散文呀。」

這時又驚又喜，兩人有無窮的話題。結識多年，有次鼓起勇氣，要求向他學畫，想不到他即刻點頭：「我不能教你怎麼畫，我只可傳授你對色彩的感覺。」

也沒有接受我拜師之禮，只當朋友，所以我從來沒叫他為丁老師，一向以先生稱呼。

每年，他會東來，我又盡量到他的阿姆斯特丹的畫室學習，知道了原在別人手裡那大藍、大紅、大綠的丙稀（Acrylic），怎麼變化為充滿生命激情的悅目的色彩。

一次，他從畫架中取出一幅只有黑白線條的淑女畫，對我說：「你上色吧。」

不知道從何來的勇氣，我大筆塗上，他也拿起畫筆，丙稀噴到我們兩人的身上。

「不夠，不夠。」他命令，「還要大膽，還要強烈，像吃飯，像喝酒，像做愛，放膽做得淋漓盡致！」

最後，我精力已用完，丁先生很給面子，在邊款上寫著某某年，和蔡瀾合寫。

他兒子有一個古怪的中文名，叫擊夕。事後對我說：「父親一向視作品如寶，不輕易送人，他可以把畫讓你塗鴉，可見是當你為親人。」我聽了深感歡慰，至今不忘。

因為離他的畫室不遠，我每次都在阿姆斯特丹的希爾頓酒店下榻，學過畫後他陪我散步，送我回去。路經一不知名的大樹，兩人合抱不了，枝幹垂至河面，每次他都感嘆：

「生命力那麼強，養著幾百萬的葉子，大自然是那麼美好！」

丁雄泉先生的原畫，價值不菲，但他的海報印刷品全球銷量驚人。擁有了一張，整個家像照入了陽光，布滿花朵，就像那棵大樹，一直活了下去。

安息吧，丁雄泉先生。

永遠的陳小姐

第一次遇到陳寶珠小姐本人。

何太太來吃越南東西，和她一起到九龍城的「金寶越南餐廳」去，我做陪客。

陳小姐溫文爾雅，名副其實的淑女一名，樣子還是那麼美麗。

人生總要進入的階段，陳小姐的也來到了，她給我的感覺只能用英文的 graceful 來形容，字典上這個字譯為「優雅的」、「合度的」，都不能表達。

前幾天晚上我們一班人吃飯時也討論過 grace 這個字，研究了它與宗教的關係，是上帝的恩典。A State of Grace 更是上帝恩寵的狀態。如果用中文的「天賜」，也俗了一點。

餐廳吳老闆要求與陳小姐合照，作為私人珍藏，由我抓相機。拍後我也不認輸，和她一起拍了一張。大叫：「發達囉！」

飯後驅車到花墟散步，陳小姐沒有來過，處處感到新奇，花名問了又問。

「這是什麼？」她指一堆植物問。

「豬籠草。」我說，「由荷蘭進口，改了一個『豬籠入水』的名字，賣得很好。」

「香港人真會做生意。」她說。

這時出現了一位中年婦女，興奮地招呼寶珠姐。

陳小姐轉身一看，即認得她，向我說：「是我的影迷。」

影像即刻出現了兩幫人大打出手的回憶。

陳小姐問她：「今年多少歲了？」

「四十七。」她含羞回答。

「姐姐呢？」陳小姐還記得。中年婦女即刻用手提電話聯絡，陳小姐親切地和她談了幾句，收線（掛斷電話）後告訴我姐姐當年更是瘋狂。

中年婦女還講了一個祕密，原來陳小姐是懂得種花的，但她一直沒提起。

「叫我寶珠，或英文名字。」她向我說。

我微笑不語。叫陳小姐，因為在我們的心目中，她永遠是小姐。

真正的老友，是一生的感動

董慕節先生歡宴倪匡兄，我做陪客，從澳門趕了回來。

約好在陸羽茶室三樓，我去了那麼多次，還不知道可以從旁邊乘電梯上去。以為早到，原來董先生夫婦已在那裡等待，還有音樂界名人蘇馬大也在座。

兩位都是我好久未見的朋友，董先生還是滿臉紅光，童顏鶴髮，活像一個出現在武俠小說中的人物。

「今年貴庚了？」我問。

「屬鼠，八十三了。」董先生笑著說，一點也不像八十三。

「別在我面前賣老，我八十七了。」蘇馬大說，更是不像。

董太太也來了，如以前看到般那麼端莊，保養得奇好。菜上桌，董先生有些肥膩的東西已不吃了。

「醫生吩咐的。」他說。

倪匡兄嬉笑：「世界上有兩種人的話不可以聽，一是醫生的，一是太太的。」

「沒有醫生和太太，日子也不好過。」董太太反擊。

「可以這麼說吧：要活得逍遙自在，那兩種人的話不能聽；要活得健康安樂，兩種人的話都要聽。我強調的是健康安樂。不聽醫生的得不到健康，不聽老婆？哼哼！女人嘮叨起來，絕對得不到安樂。」倪匡這麼一說，座上的男人都鼓掌贊同。

女士們也任由他胡說八道，這一餐，吃得很豐富，陸羽茶室的名菜都出齊了，飯後倪匡兄說了一件最近發生在他身上的事：

「我去一家出名的店鋪吃龜苓膏，老闆走出來，說店裡有一個你認識的老友，隨著往牆壁上一指，我只看到一片龜殼，以為他在罵我和烏龜做朋友，後來仔細一看，是蔡瀾為他店裡寫了一幅字。」

大家聽了大笑，度過愉快的一個晚上。

我們是同學

旅行時，把記憶留下，有些人用相機，我則用文字。但這兩種方式都不能與當地人發生接觸，對一個地方的觀察不夠深入。就算你夠膽採取主動，語言也是一個很大的障礙。最好的辦法莫過於畫畫，拿了一張紙頭和筆墨，見有趣的人物畫張漫畫，對方一看，笑了出來，朋友就好交了。

畫得像是不容易的，所以要找好老師，有什麼人好過尊子[8]呢？有晚一起吃飯，我向他強求：「請你做我的師傅吧！」

尊子笑了：「畫畫不難，一定要找到一個符號。大家對這個人的印象是什麼？你把他們心中想到的畫出來，就像了。」

說得太玄、太抽象了，不懂。

「還是到你家去，當面再過幾招給我行不行？」我貪心得很。

「先過我這一關。」尊子太太陳也說。

8 香港漫畫家，以政治諷刺漫畫聞名。

「嗯？」我望向她。

「先帶幾個俊男給我看看，我喜歡的話就叫尊子收你為徒。」陳也古靈精怪地說。

「要帶也帶美女去引誘尊子，帶俊男給你幹什麼？」我問。

陳也笑得可愛：「美女我也喜歡，照殺不誤。」

一時哪去找那麼多俊男美女？不讓我登門造訪，只有等下次聚餐帶上紙筆，在食肆中要尊子示範給我看看。

大家見面，尊子帶了一本美國著名漫畫家艾爾・赫希菲爾德（Al Hirschfeld）的作品集給我。

「看了這本書，自然學會。」他說。

記得第一次拜馮康侯先生學書法時，他拿出一本王羲之的《聖教序》碑帖，向我說：「我也是向他學的，你也向他學。我不是你老師，你也不是我學生，我們是同學。」

古龍、三毛和倪匡

三十多年前，我在台灣監製過一部叫《蕭十一郎》的電影。徐增宏導演，韋弘、邢慧主演，改編自古龍的原著。買版權時遇見他，比認識倪匡兄還早。

數年後我返港定居，任職邵氏公司的製片經理，許多劇本都由倪匡兄編寫，當然見面也多了。

有一次，我們三人都在臺北，到古龍家去聊天，另外在座的是小說家三毛。

當晚，三毛穿著露肩的衣服，雪白的肌膚，看得倪匡和古龍都忍不住，偷偷地跑到她的身後，一二三，兩人一齊在左右肩各咬一口。

可愛的三毛並不生氣，哈哈大笑。

那是古龍最光輝的日子，自己監製電影，電視劇又不停地著作。住在一豪宅中，馬仔數名傍身，古龍儼如一黑社會頭目。

個子長得又胖又矮，頭特別大，有倪匡兄的一個半那麼巨型，留了小鬍子，頭髮已有點禿了。

「我喜歡洋妞，最近那部戲裡請了一個，漂亮得不得了。」古龍說。

「你的小說裡從來沒有外國女人的角色。」三毛問，「電影裡怎麼出現？」

「反正都是我想出來的，多幾個也不要緊。」古龍笑道，「有誰敢不給我加？」

「洋妞都長得高頭大馬。」我罵古龍，「你用什麼對付？」

大家又笑了，古龍一點不介意，一整杯伏特加，就那麼倒進喉嚨。是的，古龍從來不是「喝」酒，他是「倒」酒，不經口腔直入腸胃。

這次國泰開始直飛美國三藩市，要我們來拍特集，有李綺虹、鄭裕玲和鍾麗緹陪伴。倪匡兄在場，哈哈哈哈四聲大笑後說：「有美女、好友作樂，人生何求？」

話題重新轉到三毛和古龍。

「我和三毛到台中去演講，來了七八千個讀者，三毛真受歡迎，當天還有幾個比較文學的教授，大家介紹自己時都說是某某大學畢業。輪到我，我只有結結巴巴地說我只是小學畢業。三毛對我真好，她向觀眾說：『我連小學都還沒畢業。』」倪匡兄沉入回憶。

「聽說古龍是喝酒喝死的，到底是不是真的有這麼一回事？」鄭裕玲問。

「也可以那麼說，我和古龍經常一晚喝幾瓶白蘭地，喝到第二天去打點滴。」倪匡兄說，「不過真正原因是這樣的，有一次古龍去杏花閣喝酒，一批黑社會來叫他去和他們的大哥敬酒。古龍不肯。等他走出來時那幾個小嘍囉拿了又長又細的小刀捅了他幾刀，不知流出多少血來，馬上送進醫院，醫院的血庫沒那麼多，逼得向醫院外面路邊的吸毒者買血。血不乾淨，結果輸到有肝炎的血液。」

我們幾人聽了都「啊」的一聲叫出來。

倪匡兄繼續說：「肝病也不會死人，但是醫生說不能喝烈酒了，再喝的話會昏迷，只要昏迷了三次，就沒有命。醫生說的話很準，古龍照喝不誤，結果我聽到他第三次昏迷時，知道這回已經不妙了。」

「古龍對於死有迷戀的，他喜歡用這個方式走。」我說。

倪匡兄贊同：「三毛對死也有迷戀。」

「聽說她以前也自殺過幾次。」鄭裕玲說。

「唔。」倪匡點頭，「古龍死的時候，才四十八歲，真是可惜。」

倪匡兄仔細描述古龍死後的怪事：「他那麼愛喝酒，我們幾個朋友就買了四十八瓶白蘭地來陪葬，塞進棺材裡。他家人替他穿了件壽衣，還替他臉上蓋了塊布，我們說古龍那麼愛喝酒，不如就陪他喝吧，結果把那幾十瓶酒都開了，每瓶喝它幾口，忽然……」

「忽然怎麼啦？」我們緊張得不得了。

倪匡說：「忽然古龍從嘴裡噴出了幾口很大口的鮮血來！」

「啊！」我們驚叫出來。

「人死了那麼久，擺在靈堂也有好幾天，怎麼會噴出鮮血來？這明明是還沒有死嘛，我們趕快用紙替他擦口，不知道浸濕了多少張紙，三毛和我都說他還活著，殯儀館的人一定要把棺材蓋蓋上，他們怕是屍變。我一直抱著棺材，弄得一身塗在棺材上的桐油。」

「結果呢？」我們追問。

「結果殯儀館叫醫生來，醫生也證明是死了，殯儀館的人好歹地把棺木蓋上，我也拿他們沒有法子。」倪匡兄搖頭說。

聽了嚇得鄭裕玲、李綺虹和鍾麗緹三位美女失聲。

「都怪你們在古龍面前喝，他那麼好酒，自己沒得喝，氣得吐血！」我只有開玩笑地把局面弄得輕鬆點。

倪匡兄點點頭，好像相信地說：「說得也是，說得也是。」

雷與我們的電影

印度一年拍三百多部電影，聞名於世的導演是薩雅吉・雷（Satyajit Ray）。

二十年前，雷以他的《阿普三部曲》（The Apu Trilogy）奪得許多國際影展的大獎。當時他以墨白的攝影，清淡、純樸的電影手法去描述一個印度青年的長成，的確是經典之作。

有一年香港國際電影展請他做嘉賓，但不知什麼原因，讓他有一個受冷落的感覺，在香港很孤獨。

胡金銓早與他結識，請他到家裡去吃飯，客人還有胡菊人、戴天與陸離。

他的書《我們的電影，他們的電影》（*Our Films, Their Films*），讀後發現他對電影工作所遭遇到的難題和中國電影一樣。做藝術家的困苦，也是不分國籍的。我很喜歡這本書，當晚帶去準備請他在書上簽個名留念。

雷一進門，發現他是一個身高一百八十多公分，魁梧、英俊的男人，皮膚並沒有一般印度人那麼黑，像南義大利人。他有一股高傲的貴族氣質，但語氣柔和，給人一種容易親近的感覺。

我們圍著他喝酒閒聊，非常融洽。

「我的電影在印度並不受歡迎。」他說，「因為戲裡沒有歌，也沒有舞，更不是長達三小時的片子，而且用的是方言，並非普遍的印地語，自然觀眾難以接受。即使我拍印地語電影，印度觀眾也覺得格格不入。反而，在英國、歐洲其他國家裡，我找到一群喜愛我的電影的觀眾。」他的言語中帶著無限的悲傷。

陸離如數家珍地從他的第一部電影談到最近的一部，而且還能把每部片的內容和技巧描述出來。

我第一次看他笑了，笑得很開心。他的電影，在那麼遙遠的海外有一個知音也夠了吧，我想。

一直以為陸離只對法蘭索瓦．楚浮（François Truffaut）較偏愛，哪知道她對雷的認識也那麼深。

比起她，我真是幼兒園學生，那本雷的著作留在我身邊不如放在她家好，便送了給她。

從未謀面的親人

有很多沒有見過的親人，在家父的描述下，我好像聽到他們的呼吸。我爺爺有個小弟弟，吊兒郎當，有天塌下來都不管的個性。年輕時娶了鄉中的一個美麗的少女，經一兩年都沒生育，我祖母卻生了五男二女，將最小的兒子——我父親——過房給他們。從小爸爸還是不改口地稱呼他們細叔細嬸，兩人都非常寵愛他。

老細叔自幼習武，會點穴。一天，在耕田的時候來了三兩個地痞欺負他，怎知道給他三拳兩腳地打死了一個。

當時殺人，唯一走脫的路徑便是「過番[9]」。老細叔逃到南洋，在馬來西亞的笨珍附近一小鄉村落腳。幾番歲月和辛酸，總算買到二十畝樹膠園，做起園主，和土女結婚生子。

老細嬸一直沒有丈夫的音訊。她織得一手好布，也不跟我祖母住在一起，於鄰近買了一小棟房屋獨居。她閒時吟詩作對，不過從來沒有上學校的福氣，所修的文字，都是歌冊上學來。潮州大戲歌曲多采自唐詩宋詞。家中壯丁都放洋，凡遇難以處理的糾紛，都來找細

9　指到南洋或國外謀生。

嬸解決，連我奶奶都怕她三分。

經太平洋戰爭，我的二伯終於和老細叔取得聯絡，問他還有沒有意思回到故鄉。老細叔也不回答，默默地賣掉幾畝樹膠園，就乘船走了。

石門鎮起了騷動，過番三、四十年的南洋客竟然回家了。大夥兒都圍來看他。拜會過親戚長輩後，老細叔拎了行李走入家門。

老細嬸並沒有憤怒或悲傷，打水讓他洗臉。只是到了晚上，讓他一個人睡在廳中。翌日，老細嬸陪他上墳拜祖先。老細叔又吊兒郎當地在家裡住下，偶爾到鄰近遊山玩水，吃吃妻子做的鹹菜，是世上的美味。

過了一陣子，老細嬸向他說：「這些年來，我想見你的願望已經達到。你住了這麼久，也應該要回南洋了。」

送她丈夫上船，再過了多年，老細嬸去世。

死後在她家的牆角屋梁找出百多個銀圓，是她一生的儲蓄。老細嬸沒有說過要留給誰，她也不知道要留給誰。

活得多姿多彩，才不枉此生

回到新加坡，驚聞志峰兄逝世了。他英俊瀟灑的形象，至今還是活生生。不過，志峰兄一生可說得上多姿多彩，不枉此生。

三十年前，他常到我們家來座談，每次都帶來一些意想不到的禮物，印象深刻的是那回送給我們一隻小黑熊，胸口有塊白斑，像小孩一樣頑皮，可愛至極。小黑熊長大後，我們常和牠摔跤，後來牠的力氣越來越大，父母親再也不放心，把牠送給動物園，讓我們傷心了好一陣子。

起初只知道志峰兄是個普通的印尼華僑，混熟了才知他極富有，又是大學生，對中國文學亦有研究，而且擅於寫舊詩，真是失敬得很。

家父亦好此道，所以志峰兄一坐就是數小時，我們聽不懂詩詞的奧妙，只會玩他帶來的禮物，現在想起來真後悔。

有一回，他又拿了兩尾色彩繽紛的鯉魚相送，家父外出，他閒著無聊，就給我們兄弟講《白秋練》的故事。

他口才好，形容得那條魚精活生生的，不遜蒲松齡的口述，也啟發了我們對《聊齋》的愛好。

當時，志峰兄二十多歲，尚未娶親，他的朋友說他頭腦有毛病，對婚姻有恐懼，死守獨身主義。

志峰兄的理論是：「女人嘛，纏上身後每天相對，總會看厭的。」

他自己住在一座大洋房裡，花了不少錢裝修，但從來不讓朋友上他的家。友人不死心，一定要為這間屋子加上個女主人，紛紛介紹女友給他。

「想喝杯牛奶何必養一頭牛？」志峰兄笑著說，「一個人清清靜靜多好。」

直到有一天，志峰兄病了，他的好友見他幾天不上班，不管三七二十一地帶了醫生衝進他的房子，才看到整座屋子布置得像好色埃及法老的皇宮。

據他的老管家說，他主人一年三百六十五天，每晚都換新女朋友，有時還不只一個。奇怪的是，第二天，她們走出來時，沒有一個愁眉苦臉，都是心滿意足。

至於說志峰兄為什麼不結婚，這並非他沒有這個念頭，只是他有雙重性格，一方面放蕩不羈，一方面卻是個虔誠的天主教徒，認為結過一次婚後就不能再娶。

原來志峰兄十七歲那年，他父親在他們普寧的鄉下為他娶了個大他幾歲的老婆。這女人性欲極強，志峰兄雖然年輕力壯也吃不消，產生了自卑感。

有一回，他父親派他到外面去做生意，卻又是生龍活虎，比其他的人了得。

回家後，他找了要再讀書的藉口，跑到汕頭，接著偷偷溜到印尼去投靠他的叔父。叔父開的是橡皮工廠，擁有許多樹膠園，割樹膠的卻是女工，皆於黎明出發收割，志峰兄當然也跟著去了。

她們卻讓他擺平，工作的效率日漸減低。當女工一個個大著肚子去告密後，他叔父把志峰兄趕出樹膠園。

志峰兄到處流浪，做做雜役，給他半工半讀地念完萬隆大學，他精通印尼語和荷蘭語，考試都是第一名，閒時上教堂，也念念不忘中國文學，吟詩作對。

受過樹膠園教訓之後，志峰兄雖然重施故技地應付女同學，但是已變成有原則，那便是永遠要穿雨衣登場。

「衣服穿慣了，就是身體的一部分，雨衣也是一樣的。」志峰兄說。

但是，他的朋友不知道他在胡扯些什麼，只覺得這個虔誠的教徒很古怪。

他的同學之中，有個是高官的兒子。志峰兄搭上這關係做起生意來，不出數年給他賺個滿缽。

志峰兄一直進行他的祕密遊戲，有一天，他忽然間停止了一切活動，自己寫了立軸道：

白髮滿頭歸不得，
詩情酒興意闌珊。

大家以為他是機關槍開得太多，但真正的原因，是他聽到了髮妻去世的消息。

蘇美璐

為我的書畫插圖的人，叫蘇美璐，是位不食煙火的女孩子。樣子極為清秀，披長髮，不施脂粉，個子高，著平底布鞋。

不知道從什麼時候開始，我們之間產生了很強的默契，每次看到她的作品，都給我意外的驚喜。

像我寫了墨西哥的一位侍者，她沒見過這個人，但依文字，畫出來的樣子像得不得了，我拿去給一起去墨西哥拍外景的工作人員看，他們都把侍者的名字喊了出來。

畫我的時候，她喜歡強調我的雙頰，樣子十分卡通，但把神情抓得牢牢。

辦公室中留著她的一幅畫，是家父去世後我向諸友鞠躬致謝的造型。全畫只用黑白線條，我把畫裱了，將舊黃色和尚袋剪了一小塊下來，貼在畫上，只能說是畫蛇添足，但很有味道。

寫倪匡的時候，她為我畫了兩張，其中之一，倪匡身穿「踢死兔」晚禮服，長了一條很長的狐狸尾巴，倪匡看了很喜歡，說文字雖佳，插圖更美，要我向蘇美璐討了，掛在他三藩市的家的書房中。

時常有些讀者來信詢問她的地址，要向她買畫。美璐對自己的作品似關心又不關心，畫完了交給雜誌社，從來不把原稿留下，倪匡的那兩張，她居然叫我自己向《壹週刊》要就算了。

美璐偶爾也替《時代》週刊和《國泰》航空雜誌畫插圖，今年國泰航空贈送的日曆，是她的作品。

而美璐為什麼住大嶼山，她說生活簡單，房租便宜，微薄的收入，也夠吃夠住的了。

我在天地圖書出版的一系列散文集，因再版多次，可以換換封面，劉文良先生已答應請美璐重新為我畫過，相信她會答應。

到年底，她與夫婿搬回英國，我將失去一位好朋友，雖未到時候，人已惆悵。

老人與貓

島耕二先生在日本影壇占著一席很重要的位子，大映公司的許多巨片都是由他導演，買到香港來上映的有《金色夜叉》和《相逢有樂町》等，相信老一輩的影迷會記得。

出身是位演員、樣子英俊、身材魁梧，當年身高超過一百八十公分的日本人不多。

我和島耕二先生認識，是因為請他編導一部我監製的戲，談劇本時，常到他家裡去。

從車站下車，徒步十五分鐘方能抵達，在農田中的一間小屋，有個大花園。

一走進家裡，我看到一群花貓。年輕時的我，並不愛動物，被那些貓包圍著，有點恐怖的感覺。

島耕二先生抱起一隻，輕輕撫摸：「都是流浪貓，我不喜歡那些富貴的波斯貓。」

「怎麼一養就養那麼多？」我問。

「一隻隻來，一隻隻去。」他說，「我並沒有養，只是拿東西給牠們吃。我是主人，牠們是客人。『養』字，太偉大，是牠們來陪我罷了。」

我們一面談工作，一面喝酒，島耕二先生喝的是最便宜的威士忌 Suntory Red，兩瓶份一共有一點五升的那種，才賣五百日元，他說寧願把錢省下來買貓糧。喝呀喝呀，很快地就把那一大瓶東西乾得淨光。

又吃了很多島耕二先生做的下酒小菜，肚子一飽昏昏欲睡，就躺在榻榻米上，常有騰雲駕霧的美夢出現，醒來發覺是那群貓兒用尾巴在我臉上輕輕地掃。

也許我浪費紙張的習慣，是由島耕二先生那裡學回來的，當年面紙還是奢侈品，只有女人化妝時才肯花錢去買，但是島耕二先生家裡總是這裡一盒那裡一盒的，隨時抽幾張來用，他最喜歡為貓兒擦眼睛，一見到牠們眼角不清潔就向我說：「貓愛乾淨，身上的毛用舌頭去舔，有時也用爪洗臉，但是眼縫擦不到，只好由我代勞了。」

後來，到島耕二先生家裡，成為每週的娛樂，之前我會帶著女朋友到百貨公司買一大堆菜料，兩人捧著上門，用同一種魚或肉，舉行料理比賽，島耕二先生做日本菜，我做中國的。最後由女朋友當評判，我較有勝出的機會，女朋友是我的嘛。

我們一起合作了三部電影，最後兩部是在星馬出外景。遇到製作上的困難，島耕二先生的袖中總有用不完的妙計，抽出來一件件發揮，為我這個經驗不足的監製解決問題。

半夜，島耕二先生躲在旅館房中分鏡頭，推敲至天明。當年他已有六十多歲。辛苦了老人家，但是我並不懂得去痛惜，不知道健壯的他，身體已漸差。

島耕二先生從前的太太是大明星、大美人轟夕起子，後來的情婦也是年輕美貌的，但到了晚年，卻和一位面貌平凡開裁縫店的中年婦人結了婚。

羽毛豐富的我，已不能局限於日本，飛到世界各地去監製製作費更大的電影，不和島耕二先生見面已久。

後來他逝世的消息傳來。我不能放棄一班工作人員去奔喪，第一個反應並沒想到他悲傷的妻子，反而是：「那群貓怎麼辦？」

回到香港，見辦公室桌面有一封他太太的信。

……他一直告訴我，來陪他的貓之中，您最有個性，是他最愛的一隻。

（啊，原來我在島耕二先生眼裡是一隻貓！）

他說過，有一次在檳城拍戲時，三更半夜您和幾個工作人員跳進海中游水，身體沾著漂浮著的磷質，像會發光的魚。他看了好想和你們一起去游，但是他印象中的日本海水，連夏天也是冰涼的。身體不好，不敢和你們去。想不到您不管三七二十一地拉他下海，浸了才知道水是溫暖的。那一次，是他晚年中最愉快的一個經驗。

逝世之前，NHK派了一隊工作人員來為他拍了一部紀錄片，題名為《老人與貓》，在此同時寄上。

我知道您一定會問主人死後，那群貓兒由誰來養？因為我是不喜歡貓的。

請您放心。拜您所賜，最後那三部電影的片酬，令我們有足夠的錢去把房子重建，改為一座兩層樓的公寓，有八個房間出租給人。

在我們家附近有間女子音樂學院，房客都是愛音樂的少女。有時她們的家用還沒寄來，就到廚房找東西吃，和那群貓一樣。

吃完飯，大家拿了樂器在客廳中合奏。古典的居多，但也有爵士，甚至於披頭四的流行曲。島先生死了，大家傷心之餘，把貓兒分開拿回自己房間收留，活得很好……

讀完信，禁不住滴下了眼淚。那盒錄影帶我至今未動，知道看了一定哭得崩潰。

今天搬家，又搬出錄影帶來。

硬起心放進機器，螢光幕上出現了老人，抱著貓兒，為牠清眼角，我眼睛又濕，誰來替我擦乾？

一輩子的人生

常聽到友人羅卜蔡說，星期天早上幾個人相聚在一起，做私家菜吃。好生羨慕，央求他帶我去一次。

終於約到了，羅卜蔡一早接了徐勝鶴兄又來我家，驅車到九龍灣的一座大廈，把車停好，一同乘電梯到頂樓，是一間老闆辦公室，牆上掛著字畫。一進門口，左邊就是小廚房，有一位老太太和另一個光頭的老者在裡面做菜，老者瞪大著五元銀幣般大的眼睛，是他的特徵。羅卜蔡沒有介紹，我以為是酒樓的大師傅。

其他友人陸續到來，光頭老者捧著菜由廚房走出來，才知道是主人。

「坐，坐。」主人說，「既然來了，就不用客氣。」

菜式花樣不多，基基本本的幾個：先是一大鍋湯，煮著瀨粉；另外兩大碗，一碗煲著豬肚、白果和筍尖；一碗大鯇魚頭，都是以湯汁為主；一大碟白切雞；一碟清炒蘆筍；還有一大盤的叉燒，是另外一位開酒樓的朋友從店裡帶來讓我品嘗的。就此而已。

一大早大魚大肉，實在幸福。我開懷大嚼，主人看我吃得高興，也頗為開心。

「這湯怎麼那麼鮮甜？」我問。

主人輕描淡寫：「選老雞四隻熬十個鐘。」

「哇。」我說。

「雞要選走地的，越老越好。飼養的一點味道也沒有，昨天去內地買回來，晚上宰了，煲到天亮。四隻雞、三斤豬肉、二兩陳皮，就那麼簡單。」主人說。

很難想像老者連那隻白切的，一共拿著五隻雞在羅湖過關的尷尬。也許有工人，但又不像是靠助手幫忙的人。

「我一早就認識你的，但你不認識我。我們買牛肉都是向同一家人買。那條金錢展，不是賣給你就是賣給我。」主人對我頗有知音的感覺。

「鯇魚頭怎麼買到那麼大的？」我又問。

羅卜蔡代為解釋：「他一早去魚檔，選最大的那幾條鯇魚，叫人家算整條的錢。只要牠們的頭，不然魚檔怎麼肯賣給你？」

主人笑了：「只要算貴一點，未至於要整條買。」

「豬肚怎麼洗得那麼乾淨？」我還是要問到底。

「我才不會洗，你去問她！」主人說完指著剛從廚房走出來的那位老太太。

「那是他姐姐，兩人相依為命。」羅卜蔡在我耳邊說。

「我一買豬肚她看了就生氣，我把豬肚一丟給她就馬上逃走。」主人像老頑童地說，「喂，蔡先生是食家，這次你不會生我的氣吧？」

大姐慈祥地笑：「洗豬肚要三洗三煮。」

「三洗三煮？」我問，「什麼叫三洗三煮？」

「買了回來，先擦了鹽用水洗，沖乾淨，刮掉肚中的肥膏，再擦生粉[10]洗，然後在滾水中過一過。拿出來，把黏在肚上剩下那一點點肥膏再刮去，又拋進滾水裡煮個十五分鐘，撈出來過冷河，才第三次加白果用老雞湯煲。」

「哇。」我又折服了，「鯇魚頭也是用老雞湯煲了？」

主人點頭：「沒有祕訣。」

飽飽。飯後喝陳年普洱茶。

「你們每個禮拜來，是不是合夥出錢買菜的？」我偷偷問羅卜蔡。

羅卜蔡說：「沒有。都是主人請客。」

「錢算得了什麼？」主人收拾碗碟時像是聽到了，「我收的租，一生一世吃不完。」

剛剛說到這裡，主人用自己的手遮著嘴：「這句話不能說得太早，上次說了即刻闖禍。」

「是怎麼一回事？」我追問。

主人詳細道來：「我二十世紀四〇年代來到香港，沒讀書，只有去撿垃圾。就是這塊

10 生粉指粵菜常用的食用澱粉，多用來勾茨，常用生粉有玉米粉、太白粉。

九龍灣的土地，以前是個垃圾堆。傳說內地人吃苦，哪裡有我們那種苦？撿垃圾是從堆得像山的垃圾撿起的，一層又一層，凡是有一點用的都撿，撿到平地，再向洞裡找。洞裡積了汗水，這時候是撈而不是撿了，撈走水中的垃圾，再挖埋在地裡的，這才叫作撿垃圾。我勤力，人家睡覺我繼續撿，拿去賣。慢慢地，經營起廢銅廢鐵，就是所謂的五金行了。五金行又做大，向銀行借錢買下這塊垃圾地，和人家合夥建了這座大廈收租。我大姐一直勸我說：『細佬呀，得省吃儉用呀！』我向大姐說，我們一生一世都吃不完。話一說，房地產跌價，我欠銀行一屁股債。整天唉聲嘆氣。大姐一看到我回來，即刻把所有窗門都關掉，怕我跳樓！」

「後來不是漲回嗎？」我說，「現在又跌，可是你有這棟樓收租，再跌也吃不完呀。」

「還是不說好。」主人用手遮我的嘴。

「吃，儘管吃好了。」大姐走出來說，「穿還是可以省一點。」

主人說：「你看我一身穿得像苦力，還不夠省？昨天拿雞回來時，遇到一個人，說這個看更的很會享受。」

「你聽了不生氣？」我問。

「生什麼氣呢？」主人說，「我本來就是在看更，替我大姐看更，替我自己看更，看人生的更。」

棠哥與普洱茶

棠哥又派人把普洱茶送到我家。

認識這位朋友真不錯，知道我愛喝普洱，一直給我最好的。

「為什麼你喝得那麼濃？」棠哥最初見到我的習慣即刻問，「根本濃得像墨汁嘛。」

我笑著：「肚子裡沒有，肚子裡沒有。」

「我才肚子裡沒有墨水。」棠哥也笑了，「幹我們這一行的，都沒讀過多少書，真是欣賞你們這種文化人，說話夠幽默，還會嘲笑自己，不容易呀，不容易。」

「聽朋友說你的普洱，是私人收藏得最多的，香港除了英記茶莊之外，就輪到你了。」我說。從來沒有問過棠哥是幹哪一行的，只知道他的普洱多。

「我算得了什麼。」棠哥謙虛地，「自己喜歡喝嘛，見到了就買。」

「怎麼看得出是真是假呢？」我問。

茗香茶莊的四哥告訴過我，市上老普洱的贋品多得不得了。

「和當店學徒一樣，師父先讓他們看真貨，看多了，就知道什麼是假的。」棠哥說。

「你家開當店？」我好奇。

「不。」他搖頭，「性質有點像罷了。」

既然他不直接回答，就不方便問下去了。

「現在每天還要上班？」我轉個話題。

「睡到十一二點才起身。」棠哥說，「飲完茶，休息一會兒。下午三點鐘才到公司打一轉，晚上吃吃喝喝。老了，什麼事都不想幹了，星期六也不上班。」

棠哥的樣子不過四十多歲，戴副金絲眼鏡，斯斯文文的，就是喜歡說自己老。

「現在還買普洱嗎？」

「最近到台灣去，進了不少貨。」棠哥說。

「台灣？」我問，「怎麼不是雲南，是台灣？」

「你也知道啦，台灣茶客近年來學會欣賞普洱，拚命來香港收購，價錢都給台灣佬抬高了，所以我好幾年不買。上個月這場地震，影響了經濟。從前有錢買，現在都等現款用，便宜賣出。不去買，等什麼時候？」棠哥一口氣說，「從來沒有一種貨物比普洱漲得那麼厲害的，紅酒也差得遠呢。老普洱貴起來，比幾十年前貴幾百倍。」

「但是要有財力和眼光呀。」我心想。

「我的普洱一生一世也喝不完，你別買了，我分給你好了。」棠哥大方地說。我還以為他是說著玩的，哪知道他果然記得到做得到。

再次見到他時，向他道謝：「你很守信用。」

棠哥說：「最討厭不守信用的人。幹我們這一行的，信用最重要。」

「如果有人不守信用呢？」我問。

棠哥回答得輕鬆：「會有交通意外發生的。」

當時，我並不知道他說的是什麼意思。

約好棠哥和好友老徐星期六中午十二點到陸羽茶室飲茶，我覺得棠哥這個人很特別，把事情告訴了林大洋，他也很有興趣認識這個人物，打電話說要一起來。

我一向不守時。先到。林大洋也早來了。看到他有點垂頭喪氣，問明理由。

「把錢借給一個從小玩到大的朋友。」林大洋說，「說好一年內還清，一定守信用，哪知道時間到了向他要回，起初一直推，接著翻臉對我呼呼喝喝，到最後還用粗口問候我老母。」

「一共借了多少？」我問。

「好幾百萬。」林大洋說，「現在又有一個認識了幾十年的朋友向我借錢，我見過鬼怕黑，不知道到底借不借給他才好？他說他三個月內一定還清。」

這時好友老徐也來了，聽到林大洋一番話後說：「應付這種情形，最好是叫他去找『奸人棠』。」

「你說的是棠哥？」我詫異，「他怎麼有這個外號？」

「原來你不知道奸人棠是幹什麼的？」老徐說，「誰都曉得要找人放高利貸，放得最爽快的就是奸人棠。」

啊，真想不到棠哥是放高利貸的，他的形象和放高利貸的人一點也不吻合。

十二點，掛鐘敲打，棠哥走了進來。

為了要表示我已知道他的行業，向棠哥說：「我的朋友的朋友，想借錢。」

「做人千萬不能向人借錢！」棠哥正氣浩然地，「放高利貸的，都是奸人！」

「這話怎麼說？」我問。

「求人家借錢，早上還求不到，那種人睡到十一二點才起身，先去飲茶，到下午三點才去財務公司，星期六還找不到他呢！」棠哥破口大罵，「不過，你們的朋友真的要借的話，只好找這種人，你們文化人千萬別借錢給別人，你們不懂得怎麼收回！奸人自然有奸人的辦法！」

「有些奸人，還很會喝普洱的，你說是不是？」我笑著問他。

棠哥點點頭：「是的，有些奸人，蠻喜歡喝普洱的。」

真是可愛到極點，我走過去把奸人棠抱了一下。

師兄禤紹燦

禤紹燦比我小十歲，但他拜師早一星期，從此以師兄稱之。剛好是馮康侯老師的小兒子去世，我們問老師是不是暫停一陣子，再來上課。老師搖搖頭：「失去一個，得了兩個。」

之後，我們每星期上一堂課，由王羲之的《聖教序》開始學起。因為老師說：「書法主要學來運用，並不是學來開書展。草書太草，楷書太死板，還是行書用得最多，學會了《聖教序》，日常寫字，都能派上用場。」

紹燦師兄之前跟老師學過書法，底子很強。我則一竅不通，從頭開始。絕對不是因為他先學過，我趕不上他。主要是紹燦兄很勤力，我很疏懶。

臨了一兩年碑帖之後，馮老師才教我們篆刻。這時我興趣大增，特別用功。老師認為我刀筆樸茂，尤近封泥，送一副對聯鼓勵，但是禤師兄已牢記甲骨金文和大小篆，對刻印的技巧和布局，面目豐富，強我許多。

老師自童年至八十歲，一生奉獻於書法、篆刻和繪畫，對我們問的問題，無一不以深入淺出的方法解釋，但我還是有許多聽不懂的地方，下課後，在附近的上海小館一面喝啤酒，一面請教禤師兄，得益不淺。

東西是吃不下了，因為在上課時，老師雖然收了我們一點象徵性的學費，但是每一課都和師母一起喝湯，老師又愛吃甜品，有個「糖齋」的別號，什麼蜜餞糖水，吃之不盡。

「你們與其向我學書法，不如向我學做人。」老師說，「做人，更難。」

學問是比不上禤師兄了，但我們兩人在老師的影響下，個性同樣地變得開朗豁達，受用無窮。

眼看禤師兄拍拖、生兒育女。現在子女都長得和他一般高了，他還是老樣子，每天在上海商業銀行上班，回家後做功課，十年如一日。

我的生活起伏較多，書法和篆刻荒廢已久，但有時受人所托，刻個圖章。布局之後，也要先請教禤師兄，看看有什麼篆錯之處，才敢拿去見人。

當年我住嘉道理山道，紹燦兄的辦公室在旺角，我們一星期總有幾天去一家小販和清道夫麇集的「天天」茶樓吃早餐，闊談文章。雖然不是酒酣耳熱，但也有宋人劉克莊所說「驚倒鄰牆，推倒胡床，旁觀拍手笑疏狂」的感覺。

在不斷地努力之下，禤師兄幾乎臨盡歷代名碑帖，看他寫字的時候，筆鋒左右搖動，身體也跟著起伏，已經學到老師所說的「撐艇蕩漾」的境界。到這地步，已經著迷，領略到書法給予人生的歡樂。

而我呢？遠遠不及，只能坐在岸邊旁觀罷了。

現在禤師兄借了好友趙起蛟夫婦的地方，在窩打老道和梭亞道之間的松園大廈，每個星期一教課，好些喜愛書法的年輕人都在那裡練字。

向馮老師學習，禤師兄也只收些象徵性的學費，目的還是一方面和年輕人有個交流，一方面自己進修。

偶爾，我也去上課，年輕人見到我，叫我師叔，有點武俠小說的味道。

「師叔，請過幾招。」他們說。

我多數只是笑而不語。有時技癢，便講出整張字中布局的毛病。教人我是不會的，但構圖不完美，看多了總摸出個端倪，便倚老賣老地指指點點。

同學之中有一位是張小嫻的表哥，任政府高職，人生有點不如意。自從我介紹去禤師兄處練字之後，利用書法分散注意力，對人間的冷暖，也看淡了許多。

每逢星期四晚上，禤師兄和一群志同道合的朋友，在廟街的「石齋」雅集。「石齋」本身賣文房用具和藝術書籍，並供應各地製造的書畫紙。好友們就地取材，拿起毛筆便寫字，鬧至深夜，樂融融也。

師嫂非常賢淑，一直在當教員，還要負責家務，身體不是很好，我只能偶爾慰問，慚愧得很。她支持也欣賞丈夫的成就，從不訴苦。

依紹燦兄的修養，應該開個展才對，但他只在團體書法展中，拿幾幅出來給人看看。

老師說過：「個展這回事，也相當俗氣，開展覽的目的離開不了賣賣字畫。來看的人，懂得欣賞的不多，有時還要應付些可能買畫，但又無知的人。向他們解釋哪一幅比較好，已經筋疲力倦。」

禤師兄大概有鑑於此，不肯為之吧。還是默默耕耘，做培養下一輩的功夫。子弟之中，有些頗有靈氣，要是他們學到禤師兄的精神，今後自成一家，也毫無問題。

馮老師仙遊，我們悲慟不已。好在有禤紹燦師兄，他對老師所說過、所教過的一言一語，都牢牢記憶，變成一本活生生的書法和篆刻的字典。在他身上，我看到馮康侯老師生命的延續，非常欣慰。

記憶中那雙美麗的手

黃伯伯已經九十多歲了，頭雖禿，但身體健壯。衣著隨便，永遠是白恤衫、黑長褲，看起來像個退休了的窮書記。每天早上散步六英里，人家見到跟在他身後那穿白制服的司機駕駛著的那輛勞斯萊斯，才知道對他印象錯誤。

和黃伯伯在一起聊天，發現每次有少女走過，他的視線不落在她們的臉或胸，只是緊緊地盯著她們的手。

有天早上忍不住地問他：「為什麼？」

這是黃伯伯的故事：

九歲時父母雙亡，迫得去賣甘蔗、橄欖。沒錢念書，偷窺私塾窗口，整本《千家詩》強記起來，雖然已熟悉方塊字，但還是要靠勞力為生，演傀儡戲、唱南管，甚至於被僱抬死人棺材，賺了幾個錢後當賣貨郎，他每天挑了兩個大木箱，走三鄉六里，接觸過百家少婦，也見過千家少女。

一天，我給雷擊了，我看到天下最美麗的一雙手！

我心裡想：「要是她肯讓我摸一摸手，那我寧願早死十年！」

她忽然間好像了解我的心意，轉過頭來向我微笑。只能在章回小說裡出現的事，發生在我身上，但是貧富懸殊，親事無法提起，我永遠不能摸到她柔美的雙手。

我一氣之下來了南洋，二十年奮鬥下來，賺了不少錢，我又不死心地跑回去鄉下看她。

「雞棚裡哪有隔夜蚯蚓？」老朋友說，「她早就嫁人。如今不生孫，也應生子！」

我失望之餘，想回南洋，但還是忘不了那雙手。散了些錢，調查到那少女的住處。真是有緣，她剛在井邊洗衣，一見到我，也很高興地迎前道：「你不是去了南洋發財嗎？怎麼到現在還是白恤紵衫、黑長布褲的？」

她一面說一面用圍巾抹著她浸濕了的雙手。我一看，天啊！我不相信自己的眼睛，我也不相信已經沒有辦法再看到那雙美麗的手！到現在，我還一直在找。

我的家人

我們家，有個名字的故事。

哥哥蔡丹，叫起來好像菜單。家父為他取這個名字，主要是他出生的時候不足月，小得不像話，所以命名為「丹」。蔡丹現在身材肥滿，怎麼樣都想像不出當年小得像顆仙丹。

姐姐蔡亮，念起來是最不怪的一個。她一生下大哭大叫，聲音響亮，才取了這個名。出生之前，家父與家母互約，男的姓蔡，女的隨母姓洪，童年叫洪亮，倒是一個音意皆佳的姓名。

弟弟蔡萱，也不會給人家取笑，但是他個子瘦小，又是幼子，大家都叫他作「小菜」，變成了蝦米花生。

我的不用講，當然是菜籃一個啦。

好朋友給我們串了個小調，詞曰：「老蔡一大早，拿了菜單，提了菜籃，到菜市場去買小菜！」

姓蔡的人，真不好受。

長大後，各有各的事業，丹兄在一家機構中搞電影發行工作，我只懂得製作方面，有許多難題都可以向他請教，真方便。

亮姐在新加坡最大的一間女子中學當校長，教育三千個少女，我恨不得回到學生時代，天天可以往她的學校跑。

阿萱在電視臺當高級導播，我們三兄弟可以組成製、導和發行的鐵三角，但至今還沒有緣分。

為什麼要取單名？

家父的解釋是古人多為單名。他愛好文藝和古籍，故不依家譜之「樹」字輩，各為我們安上一個字，又稱，放榜時一看中間空的那個名字，就知道自己考中了。當然，不及格也馬上曉得。

我的「瀾」字是後來取的，生在南洋，又無特徵，就叫南。但發現與長輩同音，祖母說要改，我就沒有了名。友人見到我管我叫「哈囉」，變成了以「囉」為名。

蔡萱娶了個日本太太，兒子叫「曄」，二族結晶之意，此字讀「葉」，糟了，第二代，還是有一個被取笑的對象：菜葉。

跋

以「真」為生命真諦，只求心中真喜歡

倪匡

不拘一格降人才

要用文字素描一個人，當然要先寫下他的名字：

蔡瀾。

然後，當然是要表明他的身分。

對一般人來說，這很容易，大不了，十餘個字，也就夠了。可是對蔡瀾，卻很費功夫。而且還要用到標點符號之中的括弧和省略號，括弧內是與之相關，但又必須分開來說的身分，於是在蔡瀾的名下，就有了這些：

作家，電影製片家（監製、導演、編劇、策劃、影評人、電影史料家），美食家（食評家、食肆主人、食物以及飲料創作人），旅行家（創意旅行社主持、領隊），書法家，畫家，篆刻家，鑑賞家（一切民間藝術品推廣人、民間藝術家發掘人），電視節目主持人，好朋友（很多人的好朋友）……還有許多，真的不能盡述。

這許多身分都實實在在，絕非虛銜，每一個身分都有大量事實支持，下文會擇要述之。在寫下了那麼多身分之後，不禁喟嘆：人怎麼可以有這樣多方面的才能？若是先寫下了那些身分，倒過來，要找一個人去配合那些身分，能找到誰？

認識的人不算少，奇才異能之士很多，但能配得上這許多身分的，還是只有他：蔡瀾！

蔡瀾，一九四一年八月十八日生於新加坡（巧之極矣，執筆之日，就是八月十八日，蔡瀾，生日快樂），這一年，這一天，天公抖擻，真是應了詩人所求，不拘一格，降下人才。

人才易得，這許多身分不只是名銜，還有內容，這也可以說不難，難得的是，他這人，有一種罕見的氣質，或氣度。那些身分，都或許可以透過努力獲得，但氣度是與生俱來，是天生的，他的這種氣質、氣度，表現在他「好朋友」這身分上。

桃花潭水深千尺

好朋友不稀奇，誰都有好朋友，俗言道：曹操也有知心人。不過請留意，蔡瀾的「好朋友」項下有括弧：很多人的好朋友。

要成為「很多人的好朋友」，這就難了。與他相知逾四十年，從未在任何場合聽任何人說過他壞話的，憑什麼能做到這一點？

憑的，就是他天生的氣質，真誠交友的俠氣。真心，能交到好朋友，那是必然的事。以真誠待人，人未必以真誠回報，誠然，蔡瀾一生之中，吃所謂「朋友」的虧不少，他從來不提，人家也知道。更妙的是，給他虧吃的人士知道占了他的便宜，自知不是，對他衷心佩服。

許多朋友，他都不是刻意結交來的，卻成為意氣相投的好友，友情深厚的，豈止深千尺！他本身有這樣的程度，所交的朋友，自然程度也不會相去太遠。

這裡所謂「程度」並不是指才能、地位，而是指「意氣」，意氣相投！哪怕你是販夫走卒，一樣是朋友，意氣不投，哪怕你是高官富商，一樣不屑一顧，這是交友的最高原則。

這種原則也不必刻意，蔡瀾最可愛的氣質之一，就是不刻意地君子。有順其自然的瀟灑，有不著一字的風流，所以一遇上了可交之友，自然而然友情長久，合乎君子交遊的原則，從古至今，凡有這樣氣質者，必不會將利害得失放在交友準則上，交友必廣，必然人人稱道。把蔡瀾朋友多這一點，列為第一值得素描點，是由於這一點是性格天生使然，怎麼都學不來——當然，正是由於看到他的許多創意，他成為許多人模仿的對象，所以有感而發。

蔡瀾的創意無窮，值得大書特書。

千金散盡還復來

蔡瀾對花錢的態度，是若用錢能買到快樂，不惜代價去買。若用錢能買到舒適，不惜代價去買……

這樣的態度，自然「花錢如流水」，錢不會從天上掉下來，也自然要設法賺錢。他絕對是一個文人，很有古風的文人。從他身上，可以清楚看到古人的影子，尤其像魏晉的文人，不拘小節，瀟灑自在。可是他又很有經營事業的才能，更善於在生活的玩樂吃喝之中發現商機，成就一番事業，且為他人競相模仿。

喜歡喝茶，特別是普洱，極濃，不知者以為他在喝墨水，他也笑說「肚裡沒墨水，所以喝墨水」，結果是出現了經他特別配方的「暴暴茶」，十餘年風行不衰。

喜歡旅行，足跡遍天下，喜歡美食，遍嘗各式美味，把兩者結合，首創美食旅行團。在這之前，旅行團對於參加者在旅行期間的飲食並不重視，食物大都簡陋。蔡瀾的美食旅行一出，當然大受歡迎，又照例成為模仿對象。參加過蔡瀾美食旅行團的團友，組成「蔡瀾之友」，數以千計，有參加十數次以上者。這種開風氣之先的創舉，可以用成語「不勝枚舉」來形容，各地以他名字命名的「美食坊」可以證明。

這些事業，再加上日日不輟的寫作，當然有相當豐厚的收入，可是看他那種大手大腳用錢的方式，也不禁替他捏一把汗。當然，十分多餘，數十年來，只見他越花越有。數年前，遭人欺騙，損失巨大（八位數字），吸一口氣，不到三年，損失的就回來了，主宰金錢，不被金錢主宰，快意人生，不亦樂乎。

真正了解快樂且能創造快樂、享受快樂，有當年腰懸長劍、昂首闊步於長安道路的，如今有背著僧袋，悠然閒步在香港街頭的，兩者之間，或許大有共通之處？

眾裡尋他千百度

對人生目的的追尋，可以分為刻意和不刻意兩種，眾裡尋他，也可以理解為對理想的追尋。表面上的行為活動，是表面行為，內心對人生意義的探討，對人生理想的追求，則屬於內涵。

雖說有諸內而形諸外，但很多時候，不容易從外在行為窺視內心世界。尤其是一般俗眼，只看表面，不知內涵，就得不到真實的一面了。

看人如此，讀文意更如此。

蔡瀾的小品文，文字簡潔明白，不造作，不矯情，心中怎麼想，筆下就怎麼寫，若用一個字來形容，就是：真。

乍一看，蔡瀾的小品文，寫的是生活，他享受的美食，他欣賞的美景，他讚嘆的藝術，他經歷的事情，大千世界，盡在他的筆下呈現。

試想，他的小品散文，已出版的，超過了一百種，即便是擅寫此類文體的明朝人，也沒有一個人留下這許多作品的，放諸古今中外，肯定是一個紀錄。

能有那樣數量的創作，當然是源自他有極其豐富的生活經歷。

讀蔡瀾的小品散文，若只能領略這一點，雖也足矣，但是忽略了文章的內涵，未免太可惜了。「誰解其中味」？唯有能解其中味的，才能真得蔡文之三昧。

他的文章之中，處處透露對人生的態度，其中的淺顯哲理、明白禪機，都使讀者能得頓悟，可以把本來很複雜的世情困擾簡單化：噢，原來如此，不過如此。可以付諸一笑，自然、快樂、輕鬆，這就真是「驀然回首」就有了的境界，這是蔡瀾小品文的內涵，不要輕易放過了！

閒來無事不從容

工作能力，每人不同，有的能力高，有的能力低。能力高者，做起事來不吃力，不會氣喘如牛，不會咬牙切齒，兵來將擋，水來土掩，旁觀者看來，賞心悅目，連連讚嘆。能力低者，當然全部相反。

若干年前，蔡瀾忽然發願，要學篆刻，聞言大吃一驚——篆刻學問極大，要投入全部精力，其時他正負電影監製重任，怎能學得成？當時，用很溫和的方法，潑他的冷水：「刻印，並不是拿起石頭刻刀來就可進行的，首先，要懂書法，閣下的書法程度，好像……哼哼……」那言下之意，就是說：你連字都寫不好，刻什麼印！

他聽了之後，立即回應：「那我就先學寫字。」

當時不置可否。

也沒有看到他特別怎樣，他卻已坐言起行，拜名師，學寫字。

大概只不過半年，或大半年左右，在那段時間內，仍如常交往，一點也沒有什麼特別之處。一日，到他辦公室，看到他辦公桌上，文房四寶俱全，儼然有筆架，掛著四五支大小毛筆，正想出言笑話他幾句，又一眼看到了一疊墨寶，吃了一驚：這些字是誰寫的？

蔡老兄笑嘻嘻地泡茶，並不回答，一派君子。

這當然是他寫的，可是實在難以相信。

自此之後，也沒有見他怎樣搓手呵凍地苦練，沒有過多久，書法成就卓然，而且還有渾然之氣，毫不裝腔作勢。篆刻自然也水到渠成，精彩紛呈，我只好感嘆：有藝術天才，就是這樣。他的這種從容成事的態度，在其他各方面，也無不如此。在各種的笑聲之中，今天做成了這樣，明天又做成了那樣，看起來時間還大有空閒，歐陽先生曰：得其一，可以通其餘。

信然！

最恨多才情太淺

蔡瀾書法，極合「散懷抱，任情恣性」的書道，所以可觀。其實，書道、人道，可以合論。蔡瀾的本家蔡邕老先生在《筆論》中提出的書道，拿來作做人的道理，也無不可。

在對待女性的態度上，蔡瀾絕對是大男人主義者。

此言一出，蔡瀾的所有女性朋友，可能會譁然：「怎麼會，他對女性那麼好，那麼有情有義，是典型的最佳男性朋友，怎麼會是大男人主義者？」

是的，所有他的女性朋友對他的讚語，都是對的，都是事實，也正因為如此，才說他是大男人主義者。

唯大男人主義者，才會真正對女性好，把女性視作受保護的弱小對象，放開懷抱，任情盡心地愛之惜之，呵之護之，盡男性之天職，這才是真正的大男人。

（小男人、賤男人對女性的種種劣行，與大男人相反，不想汙了筆墨，所以不提了。）

女性朋友對蔡瀾的感覺，據所見，都極良好，不困於性別的差異，從廣義的觀點來看一個「情」字，那是另一種境界的情，是一種淺淺淡淡的情，若有若無的情，隱隱約約的情，絲絲縷縷的情……

若大喝一聲問：究竟是什麼啊？

對不起，具體還真的說不上來。只好說：不為目的，也沒有目的，只是因了天性如此，覺得應該如此，就如此了。

說了等於沒有說？當然不是，說了，聽的人一時不明，不要緊，隨著閱歷增長，總會有明白的一天，就算終究不明，又打什麼緊？

好像扯遠了，其實，是想用拙筆盡可能寫出蔡瀾對女性的情懷而已。不過看來好像並不成功？

回首亭中人　平林澹如畫

試想看雲林先生的畫：天高雲淡，飛瀑流泉，枯樹危石，如斗茅亭，有君子兮，負手遠望，發思古之幽情，念天地之悠悠，時而仰天大笑，笑天下可笑之事，時而低頭沉思，思人間宜思之情，雖煢煢孑立，我行我素，然相交通天下，知己數不盡。

若問君子是誰，答曰：蔡瀾先生也。

回顧和他相知逾四十年，自他處學到的極多。「凡事都要試，不試，絕無成功可能，試了，成功和失敗，一半一半機會。」這是他一再強調的。只怪生性不合，沒學會。

「既上了船，就做船上的事吧。」有一次跟人上了「賊船」，我極不耐煩，大肆嘮叨時他教的，學會了，知道了「不開心不能改變不開心的事，不如開心」的道理，所以一直開開心心，受益匪淺。

他以「真」為生命真諦，行文如此，做人如此。所以他看世人，不論青眼白眼，都出自真，都不計較利害得失，只求心中真喜歡。

世人看他，不論青眼白眼，他也渾不計較，只是我行我素：「豈能盡如人意，但求無愧我心。」

這樣的做人態度，這樣的人，贏得了社會上各色人等對他的尊重敬佩，是必然的結果。有一次，我在前，他在後，走進人叢，只見人群紛紛揚手笑臉招呼，一時之間以為自己大受歡迎，飄飄然焉，及至發現眾人目光焦點有異，才知道是和身後人在打招呼，當場大樂：這是典型的「狐假虎威」。哈哈。

即使只是素描，也描之不盡，這裡可以寫一筆，那裡可以補兩筆，怎麼也難齊全。這樣的一個人，哼哼，來自哪一個星球？在地球上多久了？看來，是從魏晉開始的吧？

附錄

人生真好玩兒

首先，我很喜歡看這個節目，但是我看完了以後就有種感覺——被請來的嘉賓都是有頭有臉的，但是為什麼要整天讓他罰站呢。大概是上輩子淘氣淘得多吧，弄張椅子來坐坐如何，謝謝謝謝，這樣舒服得多。

我的名字叫蔡瀾，為什麼叫蔡瀾呢？因為我是南洋出生的，我爸爸說：「你就蔡南吧，南方的南。」但是我有一個長輩，這個名字也有個「南」字，所以說不好、忌諱，就改成這個波瀾的「瀾」字。古語也有云：「七十而不逾矩」，「不逾矩」就是不必遵守規矩，一下子就活了。

這個人生真的不錯，真的好玩啊。有兩種想法，你如果是認為很好玩就好玩，你認為不好玩就不好玩。就像你走過去一出門，滿天烏鴉嘎嘎嘎地叫，你可能覺得這個很倒楣。但是你想，烏鴉是唯一在動物中間會把食物含著給爸爸媽媽吃的，這種動物很少，包括人類也少了。所以說在這麼短短的幾十年裡面，把人生看成好的，不要看成壞的，不要太灰暗。我是最喜歡跟年輕人聊天的，因為我想我可以跟他們溝通，我自己心態還算年輕。就是發現很多年輕人，還是跟我有一點代溝，就是我比他們年輕一點。盡量地學習、盡量地經歷、盡量地旅遊、盡量地吃好東西，人生就比較美好一點，就這麼簡單。我喜歡看書，我喜歡看很多很多的書，什麼書我都看，小的時候就看《希臘神話》，喜歡看這些幻想的東西。我也很喜歡旅行，一喜歡旅行，眼界就開了，看人家怎麼過活。我在西班牙的時候去看外景，有一個老頭在那邊釣魚，西班牙那個島叫伊比薩島，退休的嬉皮士在那邊住的。這個老嬉皮在那邊釣魚，我一看前面那些魚很小，轉過頭來發現那邊的魚大得不得了。我說：「老頭，那邊魚大，為什麼在這邊釣？」他看著我說：「先生，我釣的是早餐。」沒錯，一句話把你的人生的貪婪什麼的都喚醒了。

在旅行過程中，你可以學到很多很多的人生哲理。另外的一次，在印度山上，那個老太太整天就煮雞給我吃，我說：「我不要吃雞了，我要吃魚呀！」那太太說：「什麼是魚呀？」她都沒見過，那是山上。我就拿紙畫了一條魚給她，說：「你沒有吃過真可惜呀。」老太太望著我說：「先生，沒有吃過的東西有什麼可惜呢？」都是人生哲理。

我出道很早，我差不多十九歲已經開始做電影的工作了。那時候跟一些老前輩一坐下來，一桌子十二個人，坐下來我最年輕。但是我坐下來的時候，我已經在想有一天我坐下來我是最老的呢。果然，這個好像一秒鐘以前的事。我昨天晚上跟人家去吃飯，我一坐下來已經是最老的了。所以不要以為時間很長，就是這麼一剎那就沒了。提到墨西哥，我在墨西哥也住了一年，去到墨西哥的時候，我看有人家賣煙花爆竹，我想去買來放。我的朋友說：「蔡先生，不行，不行啊，死人才放的呀！」為什麼死人要放煙花爆竹？其實他們那邊的人生活很辛苦，人很短命，跟死亡接觸得很多。既然接觸得很多，為什麼不把死亡這件事情變成一種歡樂的事情呢？為什麼一定要生著才慶祝嘛，人死了就慶祝唄。

我認為年輕人要做什麼都可以的，只要有心的話，你們總有一天可以做到，這個就是年輕的好處。在玩樂中體驗人生，在平常的煙火氣中感受生活的美好。我到一個餐廳去，我吃了感覺很好吃，就寫文章推薦給大家。因為做生意的確不容易，我不會隨便罵人。至少我寫的那些文章人家拿去，都是彩色放大了以後貼在餐廳外面。你到香港去看好了，通通是。總之，做什麼事情都要很用心去做，樣樣東西都學，有一本書教你怎麼做醬油的，我也買回來看。像我，我也練練書法、刻圖章，學完了以後，學多了就樣樣東西是專家，所以，人的本事越多越不怕。就是我一天坐飛機，晚上的飛機，深夜的飛機多數會遇到氣流，這個飛機就一直顛、一直顛，顛就讓它顛吧，我就一直在喝酒。旁邊坐了一個澳洲大肥佬，一直在那抓住的，一直怕，一直抓，一直怕。好，飛機穩定下來了以後，他看著我，非常之滿意地看著我。他說：「喂，老兄你死過嗎？」「我活過。」

年輕人，總要有點理想，總要有點抱負，總要有點想做的事情，要做就盡量去做吧！

（據《開講啦》演講稿整理）

我的方向就是把快樂帶給大家

很多人會很羨慕我的人生，但是，不用羨慕，實行去，誰都可以的。

我在北京常吃的就是那幾家飯店，吃羊肉，因為到了北京不吃羊肉不行嘛。北京就羊肉做得最好。

有個地方是一個朋友介紹的。我們到每個地方去，都有一些當地喜歡吃東西的朋友，而且你看過他們寫的文章或者發表過的微博什麼的你就會認識。認識這個人，那麼就到那邊去找這個人。信得過了，那麼他就介紹這裡好、那裡好。

好吃的東西我當然喜歡吃，但不好吃的東西，我也可以學著去吃它。好不好吃，你沒有吃過，你沒有權利批評。但試過了以後知道不好吃就不吃。

到國外的話，如果遇見什麼都不好吃的情況，那麼我寧可餓肚子。比如，好像有一次我在倫敦街頭，肚子很餓了，走來走去都是這個M字頭的店。我死都不肯進去，我多餓我都不肯。

後來碰到一個土耳其人在賣那個一塊一塊的小肉，用刀切。我就終於有東西可吃了。吃飯是有尊嚴的，不好吃我就不吃，寧可餓著。

我從來不會把吃當成半個工作。

我有一個寫了幾十年的專欄叫作「未能食素」，有一天我說，哎，旅行的時候也要我發稿？別的文章可以一面旅行一面寫嘛，只有這一篇東西不能夠，因為你離開了很久，你沒有吃過那個餐廳，你不能亂寫。

我這一生到現在為止，並沒有做到很任性地去生活。倪匡先生也講過，不能夠想做就做，可以不想做盡量不做。想做就做天下大亂了。

我想做的事就是我的方向，我的方向就是把歡樂帶給大家，另一方面又可以賺錢，盡量不要做虧本的事情，我現在這個年紀還做虧本的事很丟臉的嘛。

我最得意的發明是和鏞記老闆甘建成先生一起還原了金庸小說《射雕英雄傳》裡的「二十四橋明月夜」這道菜。

這道菜的來源是：黃蓉要求洪七公教武功，洪七公說你煮一個菜給我吃。她說吃什麼？他說吃豆腐。怎麼做呢？他說要把那個豆腐塞在火腿裡面，那麼這個怎麼做呢？書上沒有寫明。因為這裡（鏞記）有個金庸宴，那麼我就跟這裡的老闆甘先生一塊去研究，研究完了我們就把一個火腿切了三分之一，然後用電鑽鑽了二十四個洞，因為這個菜名叫作「二十四橋明月夜」，是由一個詩句裡出來，再把那個火腿放在這二十四個洞裡面，再用蓋蓋起來拿去蒸。因為火腿的味道都已經進入豆腐裡，所以，這道菜只吃豆腐，火腿棄之。

金庸吃了之後，表示很喜歡。

除了金庸小說裡的菜式，也試著還原過其他作品裡的菜，比如《紅樓夢》以及張愛玲的一些小說，但是，最後弄出來的菜，其實都不好吃。

（據《魯豫有約》整理）

你不給我別的機會，那就從中找到別的樂趣

我做監製就是邵逸夫先生教的，他說你要是喜歡電影的話，你就要多接觸電影這個行業一點，你如果單單是做導演的話，那麼這部戲你拍完了以後就剪接，時間緊，牽涉到的範圍比較窄小；你如果做監製的話，任何一個部門你都要知道，做監製有一個好處就是說你懂的事情多了以後，你就可以變成種種的部門，你都變成一個專家以後，你的生存機會就會越來越多，可以去打燈，可以去做小工，總之你的求生技能越來越多，你的自信心就強起來了，都是這樣。

邵逸夫先生之所以給我這麼多機會，一方面因為跟我的父親是世交，另一方面還因為他覺得從這個年輕人身上能看到當年的自己，覺得我是適合做這一行的。他是喜歡我的，所以他才會把所有的事情都講給我聽。

但並不是因為邵先生的關係，我一上來就要管很多人、很多事，也是要像新人一樣從頭開始，去學習，學習了之後才可以去做。

我參與的第一部電影是從他們來拍外景開始，像張徹先生來拍《金燕子》，我不是整部戲參與，就是外景部分罷了。從那裡學起，一直學，跟這些工作人員打好關係以後，我就

開始自己拍戲。我跟邵先生講說，你們在香港拍一部片要七八十萬，甚至要一百萬，我這裡二三十萬就給你搞定了，你們拍戲在香港拍要五六十天，我這裡十幾天就給你搞定了。那時候是越快生產越好，因為工廠式的作業，所以他也就聽得進去。他說那你就拿這筆錢去，你就去拍。我就開始在日本拍香港戲，請了幾個明星過來，其他工作人員都是日本人，拍完了以後就把它寄回去，就在香港上映。所以在東京拍香港片子就算是外景，也不能夠拍日本外景，都要拍得很像香港，模仿香港，所以看到富士山也把它剪掉，不拍的。

那時候我二十多歲，但我必須要掌控全域，沒別的辦法，就學，學完了以後從犯了很多錯誤開始，但犯錯誤不是壞事情。

我對所有的工作人員都要求很高，所以我曾經一度把所有的工作人員都炒了魷魚，只剩下我一個，重新開始組織。就是因為拍一部片子的時候，他們太慢。

沒人了也沒關係，再去組織就是了。

但這件事給我的一個經驗就是，我要炒人的話，從炒一兩個開始，不要通通炒掉。

我對人對己都要求很嚴，尤其是自己，要從自己開始。

合作的那麼多導演，都是一些很以自我為中心的怪物。沒有一個我喜歡的，我都很討厭他們。

如果讓他們來評價我的話，他們會說中午那頓吃得很好。

那是香港電影最最好的時候，因為忙碌，不斷地有戲拍。因為每部戲都賣錢。

但是也會困惑。因為沒有自己喜歡的題材、喜歡的片子，像我跟邵逸夫先生講，我說邵氏公司一年生產四十部戲，我們拍四十部戲，如果其中一部不為了賣錢，而是為了藝術、為了理想，這多好。這是可以的，你們四十部中間賭一部是可以賭得過的。

他說：我拍四十部戲都能賺錢，為什麼我要拍三十九部賺錢，一部不賺錢？我為什麼不拍通通賺錢的？那麼我也講不過他，結果就是沒有什麼自我了。那時候我的工作就是一直付出、一直付出，一直把工作完成，沒有說自己想拍些什麼戲就可以拍，所以如果談起電影的話，我真的是很對不起電影的。我對這段做電影的生涯，不感到非常驕傲，我反而會欣賞電影，我欣賞的能力還不錯。我做監製的時候為工作而工作，人家常常批評我，他說：你這個人，到底對藝術有沒有良心？我說：我對藝術沒有良心。他說：你是一個沒有良心的人。我說：我有，我對出錢給我拍戲的老闆有良心，因為他們要求的這些，我就交貨給他們，我有良心的，我不能夠為了自己的理想而辜負人家拿了這麼大的一筆錢，讓我來玩，我玩不起。

我只是趕上電影最容易賣的時候。但是作為一個有抱負的電影人，其實那是挺痛苦的。

但是我沒有後悔過，因為每個人都有自己的時代。

我那時候的心態就是把電影當成一個很大的玩具，你現在沒有的玩，現在拍電影，好像大家都愁眉苦臉痛苦得要死，我很會玩啦，我會去找最好的地方拍外景，當年最好的酒，當年最好的一桌子菜，我都把它重現起來，女人我也會重現，讓她們穿最漂亮的旗袍，這些我會很考究的，把這部戲拍起來，在拍的中間，我很會玩，我已經達到我的目的了。

被這個時代推著，你不給我別的機會，那我就從中找到別的樂趣。

我經過這種失意的年代，那時候我就開始學書法。三十幾歲吧，有一段時間很不愉快，不愉快，我就學東西了。

我學書法就很認真學，書法和篆刻，刻圖章，現在還可以拿得出來，替人家寫寫招牌。內心是會鬱悶的。當然鬱悶時間很短了，後來我才發現我在書上也寫過，幹了四十年電影，原來我不喜歡幹電影這行。

因為我喜歡的是欣賞、看，我不喜歡參與在裡面，但是我會把自己變成一些大的玩具，就好玩，對自己的人生也有幫助，現在我欣賞電影就好了，不再去搞製作，製作很頭痛。

我做不了像邵逸夫那樣的電影大亨。我沒有那種決心，很多很絕情的事情我做不了，很多決定我做不了。

比如你要很絕情地說：每一部戲都要賺錢。這個很絕情吧，我就不可以了，我說有錢就完了嗎？

但我不較勁，這個事情我做不好的話我離開一段時間，我試一件別的事情。

這點就是很多很多經驗積累下來以後，讓我離開，讓我決定再也不回來。

我不遺憾，我知道遺憾了也沒有用。我也不是一個有野心的人，我只是對工作要求高，我不怕得罪人，我看到不喜歡的我就開口大罵了。

在電影圈裡面要找到一兩個性情中人不容易，都是很有目的地去完成一件事情的人。做導演的多數都是想著「我自己成名就好了，你們這些人死光了也不關我事」的人，這種人我不喜歡。

我最欣賞的人都不是電影圈的，像黃霑、倪匡、金庸、古龍，這幾個人是我最好的朋友。共同點都是文人，都是對生活好奇的人，都是性情中人。

（據《魯豫有約》整理）

高寶書版集團
gobooks.com.tw

GLA 095

管他的呢，我決定活得有趣：蔡瀾的瀟灑寫意人生【暢銷紀念版】

作　　者　蔡　瀾
繪　　者　蘇美璐
編　　輯　林子鈺
封面設計　黃馨儀、林政嘉
內頁排版　賴姵均
企　　劃　陳玟璇
版　　權　張莎凌

發 行 人　朱凱蕾
出　　版　英屬維京群島商高寶國際有限公司台灣分公司
　　　　　Global Group Holdings, Ltd.
地　　址　台北市內湖區洲子街 88 號 3 樓
網　　址　gobooks.com.tw
電　　話　(02) 27992788
電　　郵　readers@gobooks.com.tw（讀者服務部）
傳　　真　出版部　(02) 27990909　行銷部 (02) 27993088
郵政劃撥　19394552
戶　　名　英屬維京群島商高寶國際有限公司台灣分公司
發　　行　英屬維京群島商高寶國際有限公司台灣分公司
法律顧問　永然聯合法律事務所
初版日期　2018 年 01 月
二版日期　2025 年 07 月

國家圖書館出版品預行編目（CIP）資料

管他的呢，我決定活得有趣：蔡瀾的瀟灑寫意人生【暢銷紀念版】/ 蔡瀾著，蘇美璐繪 . -- 二版 . -- 臺北市：英屬維京群島商高寶國際有限公司台灣分公司，2025.07
面；　公分 . --

ISBN 978-626-402-308-5(平裝)

855　　114009503